# 世にも奇妙な物語

## ドラマノベライズ 恐怖のはじまり編

木滝りま・著
上地優歩・絵
ふじきみつ彦　林誠人　戸田山雅司・脚本

集英社みらい文庫

# 世《よ》にも奇《き》妙《みょう》な物《もの》語《がたり》

ドラマノベライズ
恐《きょう》怖《ふ》のはじまり編《へん》

# 7歳《さい》になったら

脚本《きゃくほん》◆ふじきみつ彦《ひこ》

その日《ひ》も、下平家《しもひらけ》の朝《あさ》は、いつもどおりの朝《あさ》だった。
キッチンとテーブルを行《い》き来《き》して、朝《あさ》ごはんのしたくをするママ。
小学校《しょうがっこう》の制服《せいふく》を着《き》た一海《かずみ》も、テーブルに三人分《にんぶん》のおはしをならべて、ママのお手伝《てつだ》い。
やがて、ゆげの立《た》つごはんにみそ汁《しる》、おかずがテーブルにならぶ。
「いただきまーす」
パパとママと一海《かずみ》は、テーブルをかこんで朝《あさ》ごはんを食《た》べはじめる。
下平一海《しもひらかずみ》は、小学校《しょうがっこう》一年生《ねんせい》。六歳《さい》の男《おとこ》の子《こ》だ。
パパの名前《なまえ》は、下平靖之《しもひらやすゆき》。ごくごく普通《ふつう》の会社員《かいしゃいん》。
ママの名前《なまえ》は、下平桂子《しもひらけいこ》。ごくごく普通《ふつう》の専業主婦《せんぎょうしゅふ》だ。
たのもしくて、優《やさ》しいパパ。
料理上手《りょうりじょうず》で、笑顔《えがお》が絶《た》えないママ。

一海《かずみ》は平凡《へいぼん》だが、ごくごく幸《しあわ》せな人生《じんせい》を送《おく》っていた。

そう、もうすぐ7歳《さい》になる、その日《ひ》までは——

「一、二、三、四……」

壁《かべ》のカレンダーを見《み》ながら、一海《かずみ》は指折《ゆびお》り数《かぞ》える。

「あと四日《よっか》で、ボク、誕生日《たんじょうび》だね」

カレンダーの三月《がつ》十二日《にち》のところには、赤《あか》でマルがしてあり、「7さい　おたんじょうび」と書《か》かれていた。

「そうねー。もうすぐ7歳《さい》だねー」

笑顔《えがお》で答《こた》えるママ。

「一海《かずみ》、誕生日《たんじょうび》、遊園地《ゆうえんち》行《い》こうか？」

そのとき、パパが言《い》った。

「えっ」と、一海《かずみ》はおどろく。

誕生日《たんじょうび》は、火曜日《かようび》。お休《やす》みの日《ひ》じゃないから、パパは会社《かいしゃ》だとばかり思《おも》っていたのだ。

「パパ、お休《やす》み取《と》れたんだって。よかったねー」

ママの言葉《ことば》に、「ほんと⁉」と、目《め》をかがやかせる一海《かずみ》。

「だから三人《にん》で、行《い》こう」

「行《い》く行《い》くー、遊園地《ゆうえんち》行《い》くー！」

声《こえ》をはずませたあと、一海《かずみ》はこうつけくわえる。

「あのね、夕子《ゆうこ》ちゃんも、翔太《しょうた》くんも、遊園地《ゆうえんち》行《い》ったんだって」

夕子《ゆうこ》、翔太《しょうた》は、一海《かずみ》の小学校《しょうがっこう》の同級生《どうきゅうせい》。

ふたりとも、7歳《さい》の誕生日《たんじょうび》に遊園地《ゆうえんち》へ行《い》ったらしい。

「よーし、じゃあ、決定《けってい》！」

パパの声《こえ》に、満面《まんめん》の笑《え》みをうかべる一海《かずみ》。

「よし、じゃあ、がんばって食《た》べちゃお」

時計《とけい》をチラリと見《み》て、ママが言《い》った。

「ほら、もう学校《がっこう》へ行《い》く時間《じかん》よ。もひとつお兄《にい》さんになるんだから、遅刻《ちこく》はダメよ」

「はぁい」

一海《かずみ》は返事《へんじ》をし、あわててごはんのつづきを食《た》べはじめた。

その日《ひ》、小学校《しょうがっこう》の一海《かずみ》のクラスでは、体育《たいいく》の授業《じゅぎょう》があった。体育館《たいいくかん》。飛《と》び箱《ばこ》の前《まえ》に、二列《れつ》にならんだ児童《じどう》たち。

ピッという、山口先生《やまぐちせんせい》の笛《ふえ》の合図《あいず》で、児童《じどう》たちは走《はし》りだし、次々《つぎつぎ》と飛《と》び箱《ばこ》をとんでいく。

飛《と》び箱《ばこ》は、六段《だん》。

しかし、一海《かずみ》はうまくとぶことができず、飛《と》び箱《ばこ》の上《うえ》にお尻《しり》をついた。

「おしいねー。もうちょっと思《おも》いきってふみこめばよかったのに」

山口先生《やまぐちせんせい》に言《い》われ、一海《かずみ》ははずかしそうにしながら、もぞもぞと飛《と》び箱《ばこ》をおりる。

「はい、次《つぎ》」

山口先生《やまぐちせんせい》が告《つ》げると、列《れつ》の先頭《せんとう》にいた男《おとこ》の子《こ》が「いっきまーす！」と、元気《げんき》よく手《て》をあげた。

男《おとこ》の子《こ》は、一海《かずみ》と仲良《なかよ》しの原翔太《はらしょうた》。

笛《ふえ》の合図《あいず》が鳴《な》ると、翔太《しょうた》はいきおいよく走《はし》りだし、軽々《かるがる》と飛《と》び箱《ばこ》をとんで着地《ちゃくち》を決《き》めた。

「おっ！」

それを見《み》た一海《かずみ》は、目《め》を丸《まる》くする。

先日《せんじつ》、7歳《さい》になったばかりの翔太《しょうた》は、一海《かずみ》と同《おな》じく体育《たいいく》がニガテで、少《すこ》し前《まえ》まで六段《だん》の飛《と》び箱《ばこ》がとべなかったのである。

「どうしたの？　こないだまで全然《ぜんぜん》とべなかったのに」

列《れつ》にもどった一海《かずみ》は、翔太《しょうた》にたずねた。

「すげぇだろー」

自慢《じまん》げに言《い》う翔太《しょうた》のしぐさや表情《ひょうじょう》は、なんだか以前《いぜん》の翔太《しょうた》じゃないみたいで、一海《かずみ》はぼうぜんとなる。

「なんか別人《べつじん》になったみたい……」

「ふふ……。もう7歳《さい》だからな。キミもすぐにとべるようになるって。ええと……」

言葉《ことば》をつまらせる翔太《しょうた》を、キョトンとなって見返《みかえ》す一海《かずみ》。

するとそこへ、同《おな》じく仲良《なかよ》しの園田夕子《そのだゆうこ》がやってきて、「一海《かずみ》くんよ」と、翔太《しょうた》に耳打《みみう》ちした。

「あ、とべるようになるって、一海《かずみ》！」

夕子《ゆうこ》に一海《かずみ》の名前《なまえ》を教《おし》えられ、翔太《しょうた》はあわてて言《い》い直《なお》す。

「ボクの名前《なまえ》、忘《わす》れちゃったの？」

一海《かずみ》はおどろいて、翔太《しょうた》にたずねた。

「そこ！　おしゃべりしない！」

そのとき、山口先生《やまぐちせんせい》がこわい顔《かお》でこちらをにらみながら、つかつかとやってきた。

「けど、翔太《しょうた》くんが……」

「それは、あのね……」

夕子《ゆうこ》がなにか言《い》いかける。

「園田《そのだ》さん」

山口先生《やまぐちせんせい》は、威圧《いあつ》するような声《こえ》で夕子《ゆうこ》を制《せい》し、その耳《みみ》もとで言《い》った。

「あなた、わかってるわよね？」

「……すみません」

夕子《ゆうこ》は、ふるえながら、うつむく。

「まったく……」

山口先生《やまぐちせんせい》はつぶやき、その場《ば》を離《はな》れていったが、夕子《ゆうこ》はおびえた表情《ひょうじょう》をうかべ、うつむいたままだった。

（夕子《ゆうこ》ちゃん……？）

一海《かずみ》は、夕子《ゆうこ》のようすが気《き》になった。


放課後《ほうかご》。一海《かずみ》は夕子《ゆうこ》とならんで校門《こうもん》へむかって歩《ある》いていた。

「ねぇ、なんで翔太《しょうた》くん、ボクの名前《なまえ》、忘《わす》れちゃったの？」

夕子《ゆうこ》にたずねる一海《かずみ》。

しかし、夕子《ゆうこ》は、口《くち》をとざしたままだ。

「ねぇねぇ、ねぇったら、ねぇ？」

「話《はな》したくない」

「なんだよ。夕子《ゆうこ》ちゃん、なんか、かくしてるでしょ？」

「……だって」

「やっぱ、かくしてるんだ！」

一海《かずみ》は夕子《ゆうこ》の前《まえ》にまわりこむと、とびはねながら言《い》った。

「じゃあ、ヒント！　ヒント、ヒント！」

「ムリ」

夕子《ゆうこ》は、きっぱり言《い》う。

「えぇーっ？」

「一海《かずみ》くん、塾行《じゅくい》くんでしょ？　あたし、こっちだから……じゃーね」

夕子《ゆうこ》はそれだけ言《い》うと、そそくさと、その場《ば》を離《はな》れていく。

（夕子《ゆうこ》ちゃんも、翔太《しょうた》くんも、みんな、どうしたのかな？）

一海《かずみ》は、首《くび》をかしげた。

（そう言《い》えば……）

7歳《さい》になったら、飛《と》び箱《ばこ》がとべるようになると、翔太《しょうた》が言《い》っていたのを一海《かずみ》は思《おも》いだす。

「7歳《さい》になったら、なにかあるのかなぁ……？」

学校《がっこう》を出《で》た一海《かずみ》は、「城下《しろした》」と、行《い》き先《さき》が表示《ひょうじ》されたバスに乗《の》った。

それは、一海《かずみ》が通《かよ》っている学習塾《がくしゅうじゅく》へむかうバスだった。

バスの車内《しゃない》。

ヒザの上《うえ》にテキストを広《ひろ》げ、塾《じゅく》の宿題《しゅくだい》をしている一海《かずみ》。

算数《さんすう》の問題《もんだい》を解《と》いているうちに、一海《かずみ》はウトウトと眠《ねむ》くなる。

バスがトンネルをぬけたころ、一海《かずみ》はすっかり寝入《ねい》っていた。

『終点《しゅうてん》、城下《しろした》。このバスは、車庫《しゃこ》に入《はい》ります。ご乗車《じょうしゃ》にはなれませんのでご注意下《ちゅういくだ》さい』

バスが終点《しゅうてん》の停留所《ていりゅうじょ》に着《つ》き、車内《しゃない》アナウンスが流《なが》れた。

しかし、一海《かずみ》は目《め》を覚《さ》まさない。

「ぼく、ぼく」

見《み》まわりにきたバスの運転手《うんてんしゅ》に声《こえ》をかけられ、一海《かずみ》はようやく目《め》をあける。

見《み》ると、バスの中《なか》は空《から》っぽ。

乗《の》っていたお客《きゃく》さんは、みんなおりてしまったのだ。

「やっちゃったぁ、塾《じゅく》に遅《おく》れちゃう……」

言《い》いながら、バスをおりてきた一海《かずみ》。

「どこだ？　ここ……」

バス停《てい》の案内板《あんないばん》を見《み》て、一海《かずみ》はつぶやく。

そこはきたことのない、見知《みし》らぬ町《まち》だった。

一海《かずみ》はどうしたらいいかわからず、途方《とほう》にくれる。

そのとき、通《とお》りを歩《ある》いている三人《にん》の姿《すがた》が目《め》に入《はい》った。

お父《とう》さんらしき男《おとこ》の人《ひと》。

お母《かあ》さんらしき女《おんな》の人《ひと》。

まんなかにいるのは、一海《かずみ》と同《おな》じ年《とし》くらいの男《おとこ》の子《こ》だ。

「あれ……？」

うしろ姿《すがた》の男《おとこ》の人《ひと》と女《おんな》の人《ひと》が横《よこ》をむいたとき、一海《かずみ》は思《おも》わず目《め》をうたがった。

「パパ？　ママ？」

男《おとこ》の人《ひと》と女《おんな》の人《ひと》は、一海《かずみ》のパパとママだったのだ。

ふたりが連《つ》れている男《おとこ》の子《こ》はうしろをむいたままなので、どんな顔《かお》なのかは、わからない。

ぼうぜんとなっているうちに、三人《にん》は角《かど》を曲《ま》がり、姿《すがた》が見《み》えなくなった。

(どうして、パパとママがこの町《まち》に……?)

不思議《ふしぎ》な思《おも》いにかられる一海《かずみ》。

(あの男《おとこ》の子《こ》は、いったい誰《だれ》なんだろう……?)

一海《かずみ》は思《おも》いながら、その場《ば》に立《た》ちつくした。


その日《ひ》、夕《ゆう》ごはんを食《た》べながら、一海《かずみ》はパパにたずねた。

「パパさ、今日《きょう》のお昼《ひる》、ママといっしょに男《おとこ》の子《こ》といなかった?」

パパは、一瞬《いっしゅん》、とまどったようすを見《み》せてから、こう答《こた》える。

「パパ、今日《きょう》は、ずっと会社《かいしゃ》にいたぞ」

すると、ママも横《よこ》から言《い》った。

「ほらね、ママもずっとうちにいたんだから」

パパも、ママも、男の子《おとこ》とはいっしょにいなかったと言《い》う。

「でも、終点《しゅうてん》のバス停《てい》から見《み》たんだ」

「そんなわけないでしょ」

ママは笑《わら》い、一海《かずみ》をたしなめるように言《い》った。

「居眠《いねむ》りして終点《しゅうてん》まで行《い》っちゃったんだから、きっと寝《ね》ぼけてたのよ」

「そうかなぁ……」

「そうよ」

「でも……」

「そうに決《き》まってるだろ！」

食《く》いさがる一海《かずみ》に、パパがぴしゃりと言《い》う。

「二度《ど》とそんな話《はなし》はするな。くだらない」

パパに叱《しか》られて、一海《かずみ》はシュンとなった。

「それより、一海《かずみ》、今日《きょう》、学校《がっこう》はどうだったの？」

ママが話題《わだい》を変《か》える。

「今日《きょう》は……」

少《すこ》し考《かんが》えて、一海《かずみ》は答《こた》えた。

「翔太《しょうた》くんが飛《と》び箱《ばこ》をとべるようになったよ」

「へぇ、すごいじゃない」

「できないのは、ボクだけになっちゃった……、へへ」

力《ちから》なく笑《わら》う一海《かずみ》を見《み》て、ママの顔《かお》がけわしくなる。

「……なに笑《わら》ってんの？」

「え？」

「なに笑《わら》ってんのよ。一海《かずみ》もがんばらないとダメじゃない」

「そうだぞ」と、パパも横《よこ》から口《くち》をはさんだ。

「一海《かずみ》は、もうすぐ7歳《さい》になるんだからな」

「そう、もうすぐ7歳《さい》なのよ。ほんとに、がんばらないと」

「……うん」

一海《かずみ》は答《こた》え、気《き》まずげな顔《かお》で、うつむく。

（7歳《さい》、7歳《さい》って、みんな、どうしたんだろう……？）

心《こころ》の中《なか》では、釈然《しゃくぜん》としない思《おも》いがうずまいていた。


深夜《しんや》。

一海《かずみ》は子《こ》ども部屋《べや》で、ぐっすり眠《ねむ》っていた。

そこへ、白衣《はくい》を着《き》た人影《ひとかげ》があらわれる。

白衣《はくい》の人《ひと》は、金属《きんぞく》の耳《みみ》かきのような道具《どうぐ》を一海《かずみ》の口《くち》の中《なか》に入《い》れ、慎重《しんちょう》な手《て》つきでほおの内側《うちがわ》の細胞《さいぼう》を採取《さいしゅ》した。

それをラベルのついた試験管《しけんかん》に入《い》れると、白衣《はくい》の人《ひと》は足音《あしおと》をしのばせながら部屋《へや》を出《で》る。

「ご協力《きょうりょく》ありがとうございました。では、結果《けっか》は四日後《よっかご》に」

白衣《はくい》の人《ひと》が告《つ》げると、リビングで待《ま》っていたパパとママは「はい」と返事《へんじ》をする。

「あの……」

そのとき、ママが不安《ふあん》げな顔《かお》でなにか言《い》おうとした。

すると、白衣《はくい》の人《ひと》は答《こた》える。

「ご安心下《あんしんくだ》さい。どんな結果《けっか》が出《で》ても、すぐに慣《な》れます。これまでどのご家庭《かてい》でもそうでしたから」

「……わかりました」

「よろしくお願《ねが》いします」

パパとママは、白衣《はくい》の人《ひと》に頭《あたま》をさげた。


三日後《みっかご》の月曜日《げつようび》。

「起立《きりつ》！　礼《れい》！」

「さようなら！」

「はい、さようなら」

帰《かえ》りの会《かい》が終《お》わった一海《かずみ》のクラスでは、児童《じどう》たちがランドセルを背負《せお》い、次々《つぎつぎ》と教室《きょうしつ》を出《で》ていく。

そんななか、一海《かずみ》は、帰《かえ》ろうとしていた夕子《ゆうこ》に声《こえ》をかけた。

「夕子《ゆうこ》ちゃん、あのね」

「え、なに？　一海《かずみ》くん」

「金曜《きんよう》、あのあと、パパとママを見《み》たんだ。終点《しゅうてん》のバス停《てい》で。あんなとこ、いるはずないのに……」

「知《し》らない子《こ》といっしょじゃなかった？」

「えっ、なんで知《し》ってるの？」

おどろく一海《かずみ》に、夕子《ゆうこ》は声《こえ》をひそめながら言《い》う。

「一海《かずみ》くん、もうすぐ誕生日《たんじょうび》でしょ？」

「うん。あしただけど」

「じゃあ、すぐわかる」

「え？」

「あたし、こないだ7歳《さい》になったから知《し》ってるんだけど、あの辺《へん》に、長《なが》い塀《へい》にかこまれた建物《たてもの》があってね……7歳《さい》になったら……」

途中《とちゅう》まで言《い》ったところで、夕子《ゆうこ》はハッと息《いき》を飲《の》み、話《はな》すのをやめた。

「え、なに？　7歳《さい》になったらどうなるの？」

こちらをにらんでいる山口先生《やまぐちせんせい》に気《き》づかず、一海《かずみ》は問《と》いかえす。

すると、山口先生《やまぐちせんせい》は、つかつかとこちらに近《ちか》づいてきた。

「気《き》をつけてって言《い》ってるでしょ、園田《そのだ》さん」

先生《せんせい》が言《い》ったとたん、夕子《ゆうこ》はくちびるをかみしめ、苦痛《くつう》に耐《た》えるような表情《ひょうじょう》になった。

見《み》ると、先生《せんせい》はハイヒールのカカトで上履《うわば》きをはいた夕子《ゆうこ》の足《あし》をふみつけている。

（せ……先生《せんせい》!?）

あまりのことに、一海《かずみ》は言葉《ことば》が出《で》ない。

すると、夕子《ゆうこ》は、こわばったようすで言《い》った。

「あたし、今日《きょう》はピアノがあるから帰《かえ》ります」

先生《せんせい》のカカトが、夕子《ゆうこ》の足《あし》から離《はな》れる。

「一海《かずみ》くん、またね」

夕子《ゆうこ》は、大《おお》あわてでランドセルを背負《せお》い、教室《きょうしつ》の入《い》り口《ぐち》へとむかった。

しかし、そこで立《た》ちどまると、夕子《ゆうこ》は一海《かずみ》にむかって背中越《せなかご》しにつぶやく。

「もし、また会《あ》えたら……」

「えっ？」

「早《はや》く行《い》きなさい！」

山口先生《やまぐちせんせい》にうながされ、教室《きょうしつ》を出《で》ていく夕子《ゆうこ》の姿《すがた》を、一海《かずみ》はぼうぜんとしながら、見《み》送《おく》った。


学校《がっこう》を出《で》た一海《かずみ》は、「城下行《しろしたゆ》き」のバスに乗《の》った。

『ご乗車《じょうしゃ》おつかれさまでした。終点《しゅうてん》、城下《しろした》。このバスは、車庫《しゃこ》に入《はい》ります……』

バスが終点《しゅうてん》に到着《とうちゃく》し、車内《しゃない》アナウンスが流《なが》れる。


一海《かずみ》は、見知《みし》らぬ町《まち》におりたった。

（長《なが》い塀《へい》にかこまれた建物《たてもの》って、どこにあるのかな……？）

あたりを見《み》まわしながら、町《まち》を歩《ある》きはじめる。

「長《なが》い塀《へい》にかこまれた建物《たてもの》……長《なが》い塀《へい》にかこまれた建物《たてもの》……」

歩《ある》きながら、同《おな》じ言葉《ことば》をくりかえす一海《かずみ》。

「長《なが》い塀《へい》にかこまれた建物《たてもの》……長《なが》い塀《へい》にかこまれた建物《たてもの》……」

坂道《さかみち》をのぼっていくと、白《しろ》く、長《なが》い塀《へい》がつづいている場所《ばしょ》に出《で》た。

「塀《へい》って、これかな？」

見《み》あげながら、つぶやく一海《かずみ》。

「おい、一海《かずみ》！　なにやってるんだ！」

そのとき、何者《なにもの》かが一海《かずみ》の名前《なまえ》を呼《よ》んだ。

「えっ？」

おどろいてふりむくと、そこには、警備員《けいびいん》の制服《せいふく》を着《き》た見《み》たことのない男《おとこ》の人《ひと》が立《た》っている。

「ちょっと、こい！」

「えっ？　えっ？」

警備員《けいびいん》に腕《うで》をつかまれた一海《かずみ》は、理由《りゆう》を聞《き》く間《ま》もなく、長《なが》い塀《へい》にかこまれた建物《たてもの》の中《なか》へと引《ひ》っぱっていかれた。

建物《たてもの》の中《なか》には、広《ひろ》い階段《かいだん》があった。

警備員《けいびいん》に連《つ》れられ、階段《かいだん》をおりていく一海《かずみ》を見《み》て、見知《みし》らぬ男《おとこ》の子《こ》や女《おんな》の子《こ》が冷《ひ》やかしながら声《こえ》をかけてくる。

「あー、一海《かずみ》、怒《おこ》られてるー」

「一海《かずみ》くん、なにしたのー？」

「今日《きょう》、なんか服《ふく》ちがうね」

（どうしてみんな、ボクのこと知《し》ってるんだろう？　会《あ》ったことないのに）

そのとき、一本《いっぽん》の手《て》がのびて、一海《かずみ》の腕《うで》をグイと引《ひ》っぱった。

「わっ！」

「どうした？」

警備員《けいびいん》がふりむくと、一海《かずみ》の姿《すがた》は階段《かいだん》から消《き》えている。

「あっ！　また逃《に》げやがったな、あいつ！」

警備員《けいびいん》はあわてて階段《かいだん》の上《うえ》や下《した》を見《み》まわしたが、一海《かずみ》の姿《すがた》はどこにもなかった。

「なに？　なに？　えっ、なにーっ？」

何者《なにもの》かに腕《うで》を引《ひ》っぱられ、ワケもわからないまま、走《はし》らされた一海《かずみ》。

やってきたのは、中庭《なかにわ》に面《めん》した建物《たてもの》の一角《いっかく》だった。

一海《かずみ》をそこへ連《つ》れてきたのは、同《おな》じ年《とし》くらいの男《おとこ》の子《こ》。

小学校《しょうがっこう》の制服《せいふく》を着《き》た一海《かずみ》とは対照的《たいしょうてき》に、ラフなジャージ姿《すがた》である。

「えっ、誰《だれ》？　……あっ！」

男《おとこ》の子《こ》が顔《かお》をあげた瞬間《しゅんかん》、一海《かずみ》は思《おも》わず息《いき》を飲《の》む。

その顔《かお》は、一海《かずみ》とうりふたつ──まるで鏡《かがみ》を見《み》ているように、そっくりだったのだ。

「オレとそっくりだから、話《はな》してみたかったんだ」

男《おとこ》の子《こ》は一海《かずみ》に言《い》う。

「あ、オレ、下平一海《しもひらかずみ》」

「えっ!?」

男《おとこ》の子《こ》の名前《なまえ》を聞《き》いて、一海《かずみ》はさらにおどろいた。

「ボクも、下平一海《しもひらかずみ》だけど……」

「へえ、同《おな》じだな、オレたち」

「同《おな》じだね、ボクたち」

ふたりはおどろいた顔《かお》で、たがいを見《み》つめあった。

「世界《せかい》には自分《じぶん》そっくりな人間《にんげん》が三人《にん》いるって言《い》うし、オマエがそのひとりかもな」

もうひとりの一海《かずみ》が言《い》うと、「一海《かずみ》くん、頭《あたま》いいね」と、一海《かずみ》は感心《かんしん》した。

「オレ、もう、九九《くく》もできるんだぜ！」

もうひとりの一海《かずみ》は、自慢《じまん》げに言《い》った。

「あと、飛《と》び箱《ばこ》は八段《だん》とべるし」

「八段《だん》!?」と、おどろく一海《かずみ》。

「ボクなんか飛《と》び箱《ばこ》とべなくて、この前《まえ》も怒《おこ》られちゃったのに」

「学校《がっこう》で？」

「ううん、家《いえ》。うるさいんだよねぇ、パパもママも。特《とく》にママが最近《さいきん》」

「そっか。いいなー、オマエ」

「え？」

「オレ、親《おや》と暮《く》らしたことないから……生《う》まれてからずっと施設《しせつ》でさ」

ふたりがいるこの建物《たてもの》は、もうひとりの一海《かずみ》が暮《く》らしている施設《しせつ》だった。

警備員《けいびいん》や階段《かいだん》ですれちがった子《こ》どもたちは、同《おな》じ顔《かお》をした一海《かずみ》を、もうひとりの一海《かずみ》とかんちがいしたのである。

「父《とう》さんと母《かあ》さんに会《あ》えるのも、一《いっ》か月《げつ》に一回《いっかい》だけ。だから、怒《おこ》ってもらったことなんか一度《いちど》もないよ……」

「じゃあ、今度《こんど》、うちのママ貸《か》してあげよっか。すぐ怒《おこ》ってくるよ」

「ええ？　いいよー」

もうひとりの一海《かずみ》は、笑《わら》いながら答《こた》える。

「オレは、オレの父《とう》さんと母《かあ》さんが好《す》きだから……それに、あした、特別《とくべつ》に会《あ》えるんだ。オレ、誕生日《たんじょうび》なんだ」

「あした!?」

一海《かずみ》は、ふたたび目《め》を丸《まる》くする。

「それも、ボクといっしょ！」

「ほんとに!? すげぇなぁオレたち」

「ボクたち、双子《ふたご》みたいだね？」

「そうだな！」

ふたりは顔《かお》を見《み》あわせ、笑《わら》いあった。

そのとき、一海《かずみ》の腕時計《うでどけい》のアラームが鳴《な》る。

「なに？」

「塾《じゅく》の時間《じかん》……ボク、帰《かえ》らなきゃ」

「そっか。じゃあ、ぬけ道《みち》を教《おし》えてやるよ」

「ぬけ道《みち》？」

「うん、こっちだ」

ふたりは建物《たてもの》を出《で》て、中庭《なかにわ》のほうへと走《はし》っていく。

ふたりがやってきたのは、塀《へい》の前《まえ》に段《だん》ボール箱《ばこ》が置《お》かれた場所《ばしょ》だった。

段《だん》ボール箱《ばこ》を踏《ふ》み台《だい》にして、塀《へい》をのりこえる一海《かずみ》。

もうひとりの一海《かずみ》は、軽《かる》い身《み》のこなしで、ひらりと塀《へい》をとびこえる。

「じゃーな、また会《あ》おうぜ！」

「うん！　またくる！」

ふたりは、笑顔《えがお》で握手《あくしゅ》を交《か》わしあった。


その晩《ばん》、一海《かずみ》は興奮《こうふん》して、なかなか寝《ね》つけなかった。

そこへ、ママがようすを見《み》にくる。

あわてて寝《ね》たふりをする一海《かずみ》。

ママはしばらく一海《かずみ》の顔《かお》を見《み》つめたあと、布団《ふとん》をかけ直《なお》し、部屋《へや》を出《で》ていく。

となりのリビングにやってきたママは、子《こ》ども部屋《べや》の戸《と》をそっとしめた。

「寝《ね》たか？」

ソファに座《すわ》っていたパパが、ママをふりかえってたずねる。

「うん……」

ママはうなずいた。

「いよいよ、あしたか……」

「……そうね。あしたね」

リビングから聞《き》こえてきた会話《かいわ》が気《き》になった一海《かずみ》は、そっと起《お》きあがると、子《こ》ども部屋《べや》の戸《と》を少《すこ》しだけあけて、パパとママのようすをのぞき見《み》た。

すると、ママがため息《いき》をつきながら、つぶやく。

「なんだか全然《ぜんぜん》、実感《じっかん》がわかないわ。あしたで最後《さいご》かもしれないなんて……」

(最後《さいご》……？)

一海《かずみ》は、ドキッとなった。

(最後《さいご》って、どういうことだろう……？)

あしたは、待《ま》ちに待《ま》った7歳《さい》の誕生日《たんじょうび》。

しかし、楽《たの》しみだったはずの誕生日《たんじょうび》が、不安《ふあん》に変《か》わりはじめる。

ママが言《い》った言葉《ことば》が、一海《かずみ》の心《こころ》に影《かげ》を落《お》としたのだ。

誕生日《たんじょうび》を迎《むか》えた一海《かずみ》。

パパとママは約束《やくそく》どおり、一海《かずみ》を遊園地《ゆうえんち》へ連《つ》れていってくれた。

子《こ》ども用《よう》の小《ちい》さいジェットコースターに乗《の》った一海《かずみ》は、はしゃぎながら、かたわらで見《み》ているパパとママに声《こえ》をかけた。

「パパー！　ママー！」

しかし、パパもママもうわの空《そら》で、一海《かずみ》の呼《よ》びかけに、ふりむきもしない。

パパは、ケータイ電話《でんわ》を気《き》にしている。

ママは思《おも》いつめたような表情《ひょうじょう》で、一海《かずみ》から顔《かお》をそむけていた。

はしゃいでいた気分《きぶん》は一転《いってん》、一海《かずみ》は不満《ふまん》げにくちびるをとがらせる。

ジェットコースターがゴールにたどり着《つ》いたとき、一海《かずみ》の顔《かお》に笑顔《えがお》はなかった。


気《き》を取《と》り直《なお》して、パパとママと三人《にん》で観覧車《かんらんしゃ》に乗《の》る。

「高《たか》いねぇ……。うち、見《み》えるかなぁ」

窓《まど》の外《そと》を見《み》ながら、一海《かずみ》は、はずんだ声《こえ》で言《い》った。

しかし、ここでもパパとママは、うわの空《そら》だった。

ふたりとも、返事《へんじ》もせず、うかない顔《かお》でそっぽをむいている。

「うち見《み》えるかなぁ！」

一海《かずみ》がもう一度《いちど》、大声《おおごえ》で言《い》うと、パパとママはハッとなり、ようやくこっちを見《み》た。

「パパもママも、なんか変《へん》だよ。そわそわしてるもん。せっかく誕生日《たんじょうび》なのに……」

「あ……」

「ごめんな」

「ねえ。今日《きょう》、なにがあるの？」

「えっ？」

「知《し》ってるよ。ボクが7歳《さい》になったら、なにかあるんでしょ？」

パパとママは、こわばった表情《ひょうじょう》で顔《かお》を見合《みあ》わせる。

「……誰《だれ》が言《い》ってたの？　そんなこと」

けわしい顔《かお》で、一海《かずみ》にたずねるママ。

「夕子《ゆうこ》ちゃんも言《い》ってたし、きのうの夜《よる》、パパとママも話《はな》してたじゃない」

「…………！」

「ねぇ、なにがあるの？」

「………」

「ねぇ、なにが最後《さいご》なの？」

不安《ふあん》をつのらせる一海《かずみ》に、「落《お》ち着《つ》きなさい」と、ママ。

しかし、一海《かずみ》は、ますます不安《ふあん》になった。

「ボク、どうなるの？」

「静《しず》かにしなさい！」

そのとき、ママが一海《かずみ》のほおをぴしゃりとたたく。

「ママ……！」

一海《かずみ》はがくぜんとなって、ママを見返《みかえ》した。

「今日《きょう》でお別《わか》れかもしれないから、楽《たの》しくすごしたかったのに……」

(今日《きょう》でお別《わか》れ……？)

ショックで言葉《ことば》を失《うしな》う一海《かずみ》。

そのとき、パパのケータイ電話《でんわ》が鳴《な》った。

「……はい。わかりました。すぐにむかいます」

電話《でんわ》に出《で》たパパは、それだけ告《つ》げると、電話《でんわ》を切《き》る。

「……誰《だれ》？」

たずねる一海《かずみ》に、ママは言《い》う。

「一海《かずみ》、今日《きょう》、なにがあるか、教《おし》えてあげる……」

「え？」

窓《まど》の外《そと》を見《み》るママに、つられて一海《かずみ》も窓《まど》の外《そと》を見《み》た。

「あっ！」

思《おも》わずイスから立《た》ちあがり、窓《まど》の外《そと》をのぞきこむ一海《かずみ》。

観覧車《かんらんしゃ》の下《した》、もうひとりの一海《かずみ》が立《た》って、こちらを見《み》あげている。

となりには、髪《かみ》の毛《け》を七三分《しちさんわ》けにした、見知《みし》らぬ男《おとこ》の人《ひと》も立《た》っていた。

「一海《かずみ》くん！　一海《かずみ》くんだ！」

「実《じつ》はね……、あの子《こ》もパパとママの子《こ》どもなの」

「えっ!?」

(もうひとりの一海《かずみ》くんも、パパとママの子《こ》ども……?)

いったい、どういうことなんだろう……?

頭《あたま》が混乱《こんらん》しすぎて、考《かんが》えがまとまらない。

ぼうぜんとなっているうちに、観覧車《かんらんしゃ》は地上《ちじょう》に着《つ》いた。

観覧車《かんらんしゃ》をおりた三人《にん》は、地上《ちじょう》で待《ま》っていたもうひとりの一海《かずみ》、七三分《しちさんわ》けの男《おとこ》の人《ひと》と合流《ごうりゅう》した。

「どうぞこちらへ」

七三分《しちさんわ》けの人《ひと》に案内《あんない》され、一同《いちどう》は遊園地《ゆうえんち》の敷地《しきち》の中《なか》にある部屋《へや》へと通《とお》される。

そこは白《しろ》い壁《かべ》にかこまれた細長《ほそなが》い部屋《へや》で、机《つくえ》とイス以外《いがい》、なにもなかった。

机《つくえ》をはさんで片側《かたがわ》に、パパ、ママ、一海《かずみ》と、もうひとりの一海《かずみ》が座《すわ》る。

そして、そのむかいには、七三分《しちさんわ》けの人《ひと》が座《すわ》った。

七三分《しちさんわ》けの人《ひと》は、「審査官《しんさかん》」と名乗《なの》る。

なんの審査《しんさ》をする人《ひと》なのか、むろん、一海《かずみ》にはさっぱりわからない。

「今《いま》、わが国《くに》は弱体《じゃくたい》の一途《いっと》をたどっている。わが国《くに》の未来《みらい》のためには、優秀《ゆうしゅう》な子《こ》どもが必《ひつ》要《よう》だ。……というより優秀《ゆうしゅう》な子《こ》どもしか必要《ひつよう》ではない」

審査官《しんさかん》の言《い》っていることも、さっぱりわからなかった。

ただ漠然《ばくぜん》とした不安《ふあん》だけが、一海《かずみ》の胸《むね》の中《なか》に広《ひろ》がっていく。

「そのため、われわれ『優等教育院《ゆうとうきょういくいん》』の管理《かんり》のもと、生《う》まれてすぐの子《こ》どもから細胞核《さいぼうかく》をぬきとり、培養《ばいよう》し、クローン人間《にんげん》を作《つく》ることで、ふたりの同《おな》じ人間《にんげん》を誕生《たんじょう》させている」

「……ふたりの同《おな》じ人間《にんげん》？」

(それって、もしかして……)

自分《じぶん》ともうひとりの一海《かずみ》のことかな、と、一海《かずみ》は思《おも》う。

「そして、一方《いっぽう》を家庭《かてい》に、一方《いっぽう》を施設《しせつ》に送《おく》って育《そだ》てている。このような、教育《きょういく》に失敗《しっぱい》してもスペアと交換《こうかん》できるしくみが、『優等教育促進法《ゆうとうきょういくそくしんほう》』という法律《ほうりつ》でさだめられている」

「スペア……」

もうひとりの一海《かずみ》がつぶやいた。

「ただし、それも7歳《さい》の誕生日《たんじょうび》まで。7歳《さい》になった時点《じてん》で、ふたりのうち、より優秀《ゆうしゅう》に育《そだ》ったほうだけを育《そだ》てることになる」

「え⁉」

一海《かずみ》の中《なか》で、不安《ふあん》が恐怖《きょうふ》に変《か》わる。

すると、それまで、だまって話《はなし》を聞《き》いていたママが口《くち》をひらいた。

「どっちも一海《かずみ》。ふたりともかわいいわ。でも、そういうわけで、今《いま》からどちらかと、お別《わか》れをしなくちゃならないの」

「イヤだよ、ボク！」

一海《かずみ》は、即座《そくざ》に答《こた》える。

「なにそれ？」

もうひとりの一海《かずみ》も言《い》った。

そんなふたりに、ママはぴしゃりと言《い》いかえす。

「しかたないでしょ、7歳《さい》になったんだから」

「…………！」

ふたりの一海《かずみ》は、それ以上《いじょう》なにも言《い》えず、絶句《ぜっく》した。

「では、どちらが選《えら》ばれたか、結果《けっか》を発表《はっぴょう》します」

審査官《しんさかん》はそう言《い》って、かたわらに置《お》かれたタブレット端末《たんまつ》を手《て》に取《と》る。

四人《にん》の顔《かお》に緊張《きんちょう》が走《はし》った。

審査官《しんさかん》が端末《たんまつ》をひらく。

そこには、『下平一海《しもひらかずみ》H《エイチ》』、『下平一海《しもひらかずみ》R《アール》』と項目《こうもく》が書《か》かれ、ふたりの一海《かずみ》に関《かん》するデータがびっしりと書《か》かれていた。

「下平一海《しもひらかずみ》H《エイチ》、及《およ》び、下平一海《しもひらかずみ》R《アール》。優等教育院優等人材《ゆうとうきょういくいんゆうとうじんざい》プログラムによる生後《せいご》2555日《にち》目《め》の臨床検査《りんしょうけんさ》、脳波《のうは》、現在《げんざい》の学力《がくりょく》、運動能力《うんどうのうりょく》、コミュニケーション能力《のうりょく》ならびに十八領域《りょういき》検査《けんさ》……」

スクロールした画面《がめん》には、折《お》れ線《せん》グラフや棒《ぼう》グラフ、円《えん》グラフやレーダーチャートなどが次々《つぎつぎ》とあらわれる。

「係数《けいすう》2.8に基《もと》づく2万《まん》1900日目《にちめ》までの1825日《にち》ごとの伸長率《しんちょうりつ》による公正《こうせい》な審査《しんさ》の結果《けっか》、下平靖之《しもひらやすゆき》、桂子《けいこ》の子《こ》は――」

審査官《しんさかん》は、言葉《ことば》を切《き》った。

「——下平一海《しもひらかずみ》H《エイチ》とする」

審査官《しんさかん》が告《つ》げた瞬間《しゅんかん》、パパとママは、こわばった表情《ひょうじょう》で息《いき》を飲《の》んだ。

しかし、すぐに気持《きも》ちを切《き》りかえ、審査官《しんさかん》に頭《あたま》をさげる。

「……わかりました」

「……ありがとうございます」

それから、ふたりは言《い》った。

「……ということだ」

「選《えら》んだのは私《わたし》たちじゃないの。だから私《わたし》たちのことは、うらまないでね」

「え、どっち？」

「どっち？」

「下平一海《しもひらかずみ》H《エイチ》」と言《い》われただけでは、どちらが選《えら》ばれたのか、わからない。

ふたりの一海《かずみ》が問《と》いかけると、パパは深呼吸《しんこきゅう》して、こう告《つ》げた。

「キミとは、7年間《ねんかん》暮《く》らしてきた。その結果《けっか》、わが国《くに》は……」

パパは、一海《かずみ》の顔《かお》を見《み》た。

「……キミが成長《せいちょう》に失敗《しっぱい》したと判断《はんだん》したようだ」

「えっ？」

「あなたと私《わたし》たちの関係《かんけい》は、今《いま》、終《お》わりました」

ママも一海《かずみ》に告《つ》げ、満面《まんめん》のほほえみをうかべながら、もうひとりの一海《かずみ》にむき直《なお》る。

「今日《きょう》からは、三人《にん》で暮《く》らしていこう」

「やぁりい！」

もうひとりの一海《かずみ》は、小《こ》おどりした。

「そんな……」

がくぜんとなる一海《かずみ》。

もうひとりの一海《かずみ》は、一海《かずみ》のパパとママにむかってうれしそうに呼《よ》びかける。

「父《とう》さん！　母《かあ》さん！」

「よしよし、これからは、ずっといっしょに暮《く》らせるな」

笑顔《えがお》で答《こた》えるパパ。

「今《いま》まで、さびしい思《おも》いをさせてごめんね。でも、今日《きょう》からわが家《や》の一海《かずみ》は、あなたひとりだから」

もうひとりの一海《かずみ》の肩《かた》を抱《だ》きながら、ママも言《い》った。

「……なんで？　ボクがずっといっしょだったのに――っ！」

一海《かずみ》はママにすがりつき、必死《ひっし》で訴《うった》えた。

しかし、ママは一海《かずみ》のほうを見《み》ようともしない。

一海《かずみ》は、パパのいるほうへまわりこむと、パパの腕《うで》をつかみ、さけんだ。

「もう、なんでだよ――っ！」

「もう、決《き》まったことなんだ」

パパは冷《つめ》たく言《い》いながら、一海《かずみ》の手《て》をふりはらう。

一海《かずみ》は、はずみでころんでしまった。

「……ママは平気《へいき》なの？」

泣《な》きそうになりながら、ママに問《と》いかける一海《かずみ》。

しかし、ママは笑顔《えがお》で答《こた》える。

「もちろんよ。だって、もうママじゃないから」

一海《かずみ》は、ショックに打《う》ちのめされた。

そこへ、もうひとりの一海《かずみ》がやってきて、満面《まんめん》の笑《え》みをうかべながら、一海《かずみ》に右手《みぎて》をさしだす。

「オレ、オマエの分《ぶん》までがんばって優秀《ゆうしゅう》な大人《おとな》になるよ。そして三人《にん》で仲良《なかよ》く暮《く》らす。約《やく》束《そく》するからよ」

しかし、一海《かずみ》は握手《あくしゅ》を拒《こば》み、もうひとりの一海《かずみ》から顔《かお》をそむけた。

「へっ」

もうひとりの一海《かずみ》ははき捨《す》て、その場《ば》を離《はな》れていく。

一海《かずみ》は床《ゆか》に座《すわ》りこみ、放心《ほうしん》したまま、悲《かな》しげにつぶやく。

「……じゃあ、ボクはこれから……」

これから自分《じぶん》がどうなってしまうのか、一海《かずみ》にはなにもわからなかった。

部屋《へや》を出《で》た一同《いちどう》は、観覧車《かんらんしゃ》の前《まえ》にもどってきた。

そこへ、一台《だい》のトラックがやってくる。

それは、警察《けいさつ》の護送車《ごそうしゃ》のような藍色《あいいろ》のトラック。

車体《しゃたい》には、独特《どくとく》のマークとアルファベットのロゴが書《か》かれていた。

停車《ていしゃ》したトラックから、制服姿《せいふくすがた》で帽子《ぼうし》をかぶったふたりの男《おとこ》がおりてくる。

「7歳児《さいじ》の回収《かいしゅう》に参《まい》りました」

男《おとこ》たちは、一同《いちどう》に告《つ》げた。

「……それで？　どっちの子《こ》を？」

一海《かずみ》ともうひとりの一海《かずみ》を見《み》て、制服姿《せいふくすがた》の男《おとこ》のひとりがたずねる。

「こっちを」

パパが一海《かずみ》を指《ゆび》さすと、「かしこまりました」と、男《おとこ》たちは答《こた》える。

「よし、やっちゃおう」

男《おとこ》たちは一海《かずみ》に近《ちか》づくと、ふたりがかりで一海《かずみ》を抱《だ》きあげた。

「パパー！　ママー！」

一海《かずみ》は手足《てあし》をバタつかせながら、最後《さいご》の抵抗《ていこう》を試《こころ》みる。

「思《おも》いだすなぁ……」

そのようすを見《み》て、パパはつぶやいた。

「そうね」

相《あい》づちを打《う》つママ。

「あ、父《とう》さんも、母《かあ》さんも、施設出身《しせつしゅっしん》で、7歳《さい》のときに、ね？」

ママは、かたわらにいるもうひとりの一海《かずみ》に言《い》った。

「はいはい、あばれない」

制服姿《せいふくすがた》の男《おとこ》たちは、一海《かずみ》をトラックの荷台《にだい》に無理《むり》やり押《お》しこむと、バタンとドアをしめた。

「…………」

ぼうぜんと立《た》ちつくす一海《かずみ》。

トラックの中《なか》には、八人《にん》ほどの7歳児《さいじ》がいたが、みんな、しくしくと泣《な》いている。

やがて、エンジンがかかり、トラックが動《うご》きだした。

一海《かずみ》はドアにかけよると、鉄格子《てつごうし》のはまった窓《まど》から、外《そと》にむかってさけんだ。

「パパー！　ママー！」

しかし、パパとママは笑顔《えがお》をうかべながら、もうひとりの一海《かずみ》と話《はな》している。

「今日《きょう》、なに食《た》べよっか？」

「ハンバーグとエビフライ！」

幸《しあわ》せそうな三人《にん》の姿《すがた》を見《み》て、一海《かずみ》の目《め》から涙《なみだ》があふれた。

大声《おおごえ》で泣《な》きはじめる一海《かずみ》。

もう一度《いちど》、助《たす》けを求《もと》めるように、窓《まど》の外《そと》にむかってさけぶ。

「ママ――ッ！　パパ――ッ！」

すると、もうひとりの一海《かずみ》がこちらを見《み》た。

もうひとりの一海《かずみ》は、勝《か》ち誇《ほこ》ったような笑顔《えがお》をうかべながら、一海《かずみ》にむかって手《て》をふる。

「パパ……、ママ……」

パパと、ママと、三人《にん》の姿《すがた》が涙《なみだ》でかすむ。

やがてトラックは遠《とお》ざかり、なにも見《み》えなくなった。

「パパ……、ママ……」

一海《かずみ》は居眠《いねむ》りしながら、寝言《ねごと》をつぶやく。

一海《かずみ》が乗《の》っていたのは、トラックではなく、バスだった。

『終点《しゅうてん》、城下《しろした》。このバスは、車庫《しゃこ》に入《はい》ります。ご乗車《じょうしゃ》にはなれませんのでご注意下《ちゅういくだ》さい』

バスが終点《しゅうてん》に着《つ》き、車内《しゃない》アナウンスが流《なが》れた。

「ぼく、ぼく」

見《み》まわりにきたバスの運転手《うんてんしゅ》に起《お》こされ、一海《かずみ》はようやく目《め》を覚《さ》ます。

「……え？」

あらく息《いき》をはきながら、あたりを見《み》まわす一海《かずみ》。

（……夢《ゆめ》だったのか）

バスの窓《まど》に映《うつ》った自分《じぶん》の顔《かお》を見《み》ると、ひたいはぐっしょりと汗《あせ》にぬれ、髪《かみ》の毛《け》がへばりついていた。

それにしても、ひどい悪夢《あくむ》だった。

夢《ゆめ》で本当《ほんとう》によかったと、一海《かずみ》は思《おも》った。

でも、よくよく考《かんが》えてみたら、パパやママが自分《じぶん》を見捨《みす》てるはずはない。

パパとママとの三人《にん》の暮《く》らしに、終《お》わりがくる——そんなこと、あるわけないのだと、一海《かずみ》は思《おも》い直《なお》した。


バスをおりた一海《かずみ》。

「やっちゃったぁ、塾《じゅく》に遅《おく》れちゃう……」

一海《かずみ》は言《い》いながら、バス停《てい》の案内板《あんないばん》へかけよっていく。

「どこだ？　ここ……」

案内板《あんないばん》を見《み》ながら、つぶやく一海《かずみ》。

そのとき、路地《ろじ》のむこうから、一台《だい》のトラックがやってきた。

それは、警察《けいさつ》の護送車《ごそうしゃ》のような藍色《あいいろ》のトラック。

車体《しゃたい》には、独特《どくとく》のマークとアルファベットのロゴが書《か》かれている。

夢《ゆめ》で見《み》た人間回収車《にんげんかいしゅうしゃ》と同《おな》じトラックだった。

（そんな……！）
一海《かずみ》は、ぼうぜんとしたまま、通《とお》りすぎていくトラックを見送《みおく》った。

おわり

# JANKEN《ジャンケン》

脚本《きゃくほん》◆ふじきみつ彦《ひこ》

オレの名《な》は、真田賢輔《さなだけんすけ》。大手建設会社《おおてけんせつがいしゃ》、別所建設《べっしょけんせつ》の若手社員《わかてしゃいん》だ。

高層《こうそう》ビルが立《た》ちならぶ、ここ、オフィス街《がい》の一角《いっかく》に、オレの勤《つと》める会社《かいしゃ》がある。

入社《にゅうしゃ》して半年《はんとし》、仕事《しごと》にもだいぶ慣《な》れてきた。

しかし、ただひとつ、オレにはどうしても、なじめないことがあった。


ちらっと時計《とけい》を見《み》ると、二時《じ》四十五分《ふん》。

もうすぐ三時《じ》——魔《ま》の時間《じかん》がはじまる。

「外《そと》まわりに行《い》ってきます」

オレは立《た》ちあがると、こっそり会社《かいしゃ》をぬけだそうとした。

「真田《さなだ》、ちょっと待《ま》て」

「え？　なんですか？」

「なんですかじゃないよ、三時《じ》、三時《じ》」

「いやでも、ボクは」

「いいからいいから」

先輩《せんぱい》たちに呼《よ》びとめられ、引《ひ》っぱっていかれた先《さき》には、社員《しゃいん》たちがズラリと勢《せい》ぞろいして、円《えん》を作《つく》っている。

その輪《わ》の中《なか》へ、オレも無理《むり》やり入《い》れられた。

みんなの表情《ひょうじょう》は、真剣《しんけん》そのもの。

「それじゃあ今日《きょう》も、ひとり負《ま》けのジュースじゃんけん、いくぞ！」

先輩《せんぱい》の杉山《すぎやま》さんが声《こえ》をあげると、みんな、「おーし！」と、こぶしをにぎりしめる。

「せーの！」

「最初《さいしょ》はグー！　じゃーんけーん、ほい!!」

全員《ぜんいん》がグーで、チョキを出《だ》したのは……ひとりだけ？

「勝《か》ったあ！」

「よっしゃあ！」

みんなが歓声《かんせい》をあげる中《なか》、ひとりチョキの手《て》をしたオレは、ぼうぜんと立《た》ちつくした。

オレがなじめないこと——そう、それは、じゃんけんだった。

オレは、めちゃくちゃ、じゃんけんが弱《よわ》かったのである。

ほかの会社《かいしゃ》なら、まだよかったのかもしれない。

しかし、オレが入社《にゅうしゃ》したこの会社《かいしゃ》では、とにかくなにを決《き》めるのも「じゃんけん」という奇妙《きみょう》な習慣《しゅうかん》があった。


じゃんけんにひとり負《ま》けしたオレは、みんなの分《ぶん》の缶《かん》ジュースを買《か》いにいかされた。

「はぁあ……」

社内《しゃない》の自販機《じはんき》の前《まえ》、しゃがんでジュースの缶《かん》を取《と》りだしながら、ため息《いき》をついていると、コツコツというハイヒールの足音《あしおと》が近《ちか》づいてきた。

「ダメね。勝負《しょうぶ》どころなんだから、グーはいちばん警戒《けいかい》しなきゃいけないのに」

「あっ、石原《いしはら》さん……」

オレは思《おも》わずドキッとなり、立《た》ちあがる。

タイトスカートから、すらりとのびた美脚《びきゃく》。ゆるふわカールのロングヘアー……。

やってきたのは、営業部《えいぎょうぶ》のアイドル、石原紗枝《いしはらさえ》さんだった。

オレより七つ年上《としうえ》の三十歳《さんじゅっさい》。男《おとこ》だらけの建設会社《けんせつがいしゃ》ではレアな女子社員《じょししゃいん》で、しかも美人《びじん》！

石原《いしはら》さんにあこがれている男性社員《だんせいしゃいん》は多《おお》かったが、オレも例外《れいがい》ではなかった。

「ほんとによく負《ま》けるわねぇ……今月一度《こんげついちど》も勝《か》ってないでしょ？」

あこがれの石原《いしはら》さんにまで、じゃんけんの弱《よわ》さを指摘《してき》され、ますます心《こころ》が折《お》れる。

「……ええ、まあ。でも、たかがジャンケンですから」

オレが負《ま》け惜《お》しみを言《い》うと、「ふーん……」と、石原《いしはら》さんはいたずらっぽいほほえみをうかべ、オレを見《み》つめた。かと思《おも》ったら……。

「じゃんけんほい！」

いきなり勝負《しょうぶ》をいどんでくる。両手《りょうて》いっぱいに缶《かん》ジュースをかかえていたオレは、右手《みぎて》を短《みじか》く出《だ》して、あわててじゃんけんに応《おう》じた。

石原《いしはら》さんがグーで、オレはチョキ。……ってことは、オレの負《ま》け？

「ほい！　ほい！」

石原《いしはら》さんは三回《かい》つづけて勝負《しょうぶ》をいどんできたが、オレは三連続《れんぞく》で負《ま》ける。

（あちゃー……）

ショックで力《ちから》がぬけてしまい、かかえていた缶《かん》がガラガラと床《ゆか》に落《お》ちた。

「弱《よわ》っ……、少《すこ》しは努力《どりょく》しなさいよ」

石原《いしはら》さんに追《お》いうちをかけられ、オレはくやしさとはずかしさで、うつむいた。


「くっそー、なんでなんだよー……」

会社帰《かいしゃがえ》りに立《た》ちよったスーパー。

オレはボヤきながら、手《て》にしたかごに缶《かん》ビールを放《ほう》りこむ。

たかがじゃんけんで、どうしてこんなくやしい思《おも》いをしなきゃならないんだろう？

いや、そもそも、たかがじゃんけんに、あそこまでのめりこむ、ウチの会社《かいしゃ》の社員《しゃいん》たちのほうがおかしいんだ。

そんなことを思《おも》いながら、四《よっ》つ目《め》の缶《かん》ビールをカゴに放《ほう》りこんだとき、弁当《べんとう》コーナーに貼《は》られたＰＯＰ《ポップ》の文字《もじ》が、オレの目《め》にとびこんできた。

『半額《はんがく》タイムセール　特製《とくせい》サーロイン弁当《べんとう》　五百円《えん》』

それを見《み》た瞬間《しゅんかん》、さっきまでのイライラはふっとんだ。

(残《のこ》り一個《いっこ》か……ついてるな！)

オレは、いそいそと弁当《べんとう》に手《て》をのばす。

そのとき、同時《どうじ》にもうひとつの手《て》が弁当《べんとう》にのびた。

弁当《べんとう》を狙《ねら》っているのは、のっぺりした顔《かお》の小太《こぶと》りのおばあちゃん。目《め》が合《あ》った瞬間《しゅんかん》、おばあちゃんは「せーの！」といきおいよく右手《みぎて》を出《だ》し、オレに勝負《しょうぶ》をいどんできた。

(また、じゃんけんかよ……)

オレはうんざりしたが、しかたなく「じゃんけんほい……」と応《おう》じる。

結果《けっか》は言《い》うまでもなく、オレの負《ま》けで……。


「あー、ついてねーなー」

弁当《べんとう》を買《か》いそこねたオレは、トボトボと家路《いえじ》につく。

そのとき、路地《ろじ》の入《い》り口《ぐち》の電信柱《でんしんばしら》に、古《ふる》ぼけた木《き》の看板《かんばん》がかかっているのが見《み》えた。

オレはうっぷん晴《ば》らしに、その看板《かんばん》を思《おも》いっきり殴《なぐ》る。

「……あれ？」

よく見《み》ると、看板《かんばん》には『じゃんけん教《おし》えます』と書《か》かれていた。

「じゃんけん、教《おし》えます……？　なんだそれ？」

思《おも》わず苦笑《にがわら》いしたオレだったが、なんとなく気《き》になって、看板《かんばん》の矢印《やじるし》がさしている路地《ろじ》の奥《おく》をのぞいてみた。

「…………」

そのまま、なにかに引《ひ》かれるように、オレは路地《ろじ》の中《なか》へと入《はい》っていく。

しばらく行《い》くと、古《ふる》い屋敷《やしき》が見《み》えた。

「……じゃんけん道場《どうじょう》？」

屋敷《やしき》の門《もん》にかけられた看板《かんばん》を見《み》て、オレは首《くび》をかしげる。

すると――

「最初《さいしょ》はグー！」

とつぜん、背後《はいご》から声《こえ》が聞《き》こえてきた。

オレはハッとして、ふりかえる。

「じゃんけん、ハッ！」

条件反射《じょうけんはんしゃ》でグーを出《だ》した瞬間《しゅんかん》、目《め》の前《まえ》に、パーの手《て》が大《おお》きくひらかれた。

その手《て》のむこうに、白《しろ》い長髪《ちょうはつ》、白《しろ》ヒゲを生《は》やした、和服姿《わふくすがた》の仙人《せんにん》のような男《おとこ》が見《み》える。

「ふっふっふっ、力《ちから》が入《はい》りすぎだ」

男《おとこ》は笑《わら》いながら、「じゃんけん、ハッ」と、またしてもオレに勝負《しょうぶ》をいどんできた。

オレがまたグーを出《だ》すと、男《おとこ》はパーの手《て》で、オレのグーをはらいのけた。

「裏《うら》をかいたつもりか」

「誰《だれ》なんだ、あんたは!?」

男《おとこ》は正体《しょうたい》を明《あ》かさず、オレに勝負《しょうぶ》をいどみつづける。

「じゃんけん、ハッ」

今度《こんど》はパーを出《だ》したが、相手《あいて》のチョキにその手《て》をはさまれ、ねじ伏《ふ》せられた。

「ふぉっ、ふぉっ、ふぉっ、ムダムダ……」

「くっそぉ……じゃんけんほい！」

オレはムキになって、自分《じぶん》から男《おとこ》に勝負《しょうぶ》をいどむ。

その瞬間《しゅんかん》、男《おとこ》の姿《すがた》が、ふっとオレの前《まえ》から消《き》えた。

「……え？」

見《み》ると、男《おとこ》はジャンプしてオレの頭上《ずじょう》を飛《と》びこえ、背後《はいご》に着地《ちゃくち》していた。

うしろ姿《すがた》のまま、男《おとこ》はのけぞってチョキを出《だ》している。

オレの手《て》を見《み》ると、その手《て》はパーだ。

ぼうぜんとなったオレに、男《おとこ》はほほえみながら言《い》う。

「信念《しんねん》の力《ちから》で、運《うん》ではなく運命《うんめい》をあやつる、それがじゃんけん道《どう》なり。……おぬし、弱《よわ》いな」

石原《いしはら》さんに言《い》われたのと同《おな》じことを言《い》われ、オレはムッとなる。

「いいじゃないですか。たかがじゃんけんなんだし」

「されどじゃんけん。だからここまで入《はい》ってきた」

「……それは……」

図星《ずぼし》をさされ、オレは言葉《ことば》につまる。

「私《わたし》は、じゃんけん老師《ろうし》。この道場《どうじょう》のあるじだ」

「じゃ、じゃんけん老師《ろうし》⁉」

「老師《ろうし》」などというものはゲームの世界《せかい》にしか存在《そんざい》しないと思《おも》っていたオレは、おどろいて目《め》の前《まえ》の男《おとこ》を見返《みかえ》す。言《い》われてみるとたしかに、白《しろ》い長髪《ちょうはつ》に白《しろ》ヒゲを生《は》やしたその顔《かお》は、いかにも「老師《ろうし》」といった風貌《ふうぼう》だった。

「おぬし、じゃんけんに勝《か》ちたくはないか？　強《つよ》くしてやろうと言《い》っておるのだが……」

「強《つよ》く……？」

その言葉《ことば》に、オレは心《こころ》を動《うご》かされる。


老師《ろうし》にまねかれ、オレは道場《どうじょう》に足《あし》をふみいれた。

そのとき、阿修羅像《あしゅらぞう》の手《て》がグーチョキパーになった「じゃんけん神像《しんぞう》」に、オレの目《め》は釘《くぎ》づけとなる。

（なんだこれ？　マジか……？）

などと思《おも》いつつ、じゃんけん神像《しんぞう》をながめていると、いきなり老師《ろうし》がたずねてきた。

「まず聞《き》こう。じゃんけんとは、なんだと思《おも》う」

「え？」

いきなりそんなことを聞《き》かれても、オレはなんて答《こた》えていいのかわからない。

じゃんけんがなにかなんて、今《いま》まで考《かんが》えてみたこともなかったのだ。

「じゃんけんは……勝負《しょうぶ》……ですか？」

ありのままの答《こた》えを言《い》うと、「たわけ！」と、老師《ろうし》はオレを叱《しか》りつけた。

だが、直後《ちょくご》、老師《ろうし》は「うっ……」と胸《むね》をおさえ、苦《くる》しそうに顔《かお》をゆがめる。

「大丈夫《だいじょうぶ》ですか⁉」

あわてて肩《かた》に手《て》をやろうとしたオレを、「大丈夫《だいじょうぶ》だ、かまうな！」と、老師《ろうし》はふりはらう。

そして、問答《もんどう》をつづけた。

「では聞《き》こう。あれをなんと読《よ》む」

老師《ろうし》が指《ゆび》さした壁《かべ》には、「人生《じんせい》」と達筆《たっぴつ》で書《か》かれた「書《しょ》」がかけられていた。

「じんせい……ですよね」

どう考《かんが》えても、そうとしか読《よ》めない。ところが、老師《ろうし》は言《い》った。

「じんせいか……。私《わたし》には、『じゃんけん』と読《よ》めるが……」

「じゃんけん？」

オレは、ぽかんとなって問《と》いかえした。


老師《ろうし》はオレに、じゃんけん道《どう》の奥義《おうぎ》を語《かた》りはじめる。

オレは正座《せいざ》して、その言葉《ことば》に耳《みみ》をかたむけた。

「たしかにじゃんけんは、そもそも、勝《か》ち負《ま》けを決《き》めるために生《う》みだされたもの。勝《か》ち負《ま》けとは、陰《いん》と陽《よう》と同《おな》じく、古《ふる》くからの二元論的《げんろんてき》な考《かんが》え方《かた》だ」

老師《ろうし》はそう言《い》って、片方《かたほう》の手《て》をグー、片方《かたほう》の手《て》をパーにしてみせた。

（たしかに、グーとパーのふたつだけでも、勝《か》ち負《ま》けは決《き》められる……）

その手《て》を見《み》ながら、オレは思《おも》った。

「だが、じゃんけんにはグー、チョキ、パーの、三《みっ》つがあり、勝者《しょうしゃ》は敗者《はいしゃ》に、敗者《はいしゃ》は勝者《しょうしゃ》にもなりうる。それ、すなわち……人生《じんせい》」

「人生《じんせい》……」

じゃんけんにこんな深《ふか》い意味《いみ》があったなんて、オレは今《いま》まで考《かんが》えてみたこともなかった。

「でも、教《おそ》わって勝《か》てるものじゃないですよね」

オレが問《と》いかえすと、「もちろんだ」と、老師《ろうし》は答《こた》える。

「だが、おぬしのように負《ま》けつづけている者《もの》でも、鍛錬次第《たんれんしだい》で必《かなら》ず勝《か》てるようになる」

「鍛錬次第《たんれんしだい》で、必《かなら》ず勝《か》てるように……」

「どうだ？　やってみるか」

老師《ろうし》は、オレの目《め》をジッと見《み》た。

（……勝《か》ちたい……強《つよ》くなりたい……）

老師《ろうし》の目《め》を見返《みかえ》すうちに、そんな思《おも》いがムクムクとわいてきた。


その日《ひ》から一週間《いっしゅうかん》、ちょうど連休《れんきゅう》で会社《かいしゃ》は休《やす》みだった。

オレは道場《どうじょう》に泊《と》まりこんで、じゃんけんの修行《しゅぎょう》にはげむ。

「まずは、体《からだ》の鍛錬《たんれん》！」

老師《ろうし》の言葉《ことば》にしたがい、オレは白《しろ》い道着姿《どうぎすがた》で、長《なが》い廊下《ろうか》を雑巾《ぞうきん》がけした。

道場《どうじょう》の床《ゆか》をすべてピカピカにしたあとは、ニワトリを追《お》いかけ、つかまえる鍛錬《たんれん》だ。

「どーどーどー……」

ようやく一羽《わ》をつかまえたが、ニワトリはバタバタと羽《は》ばたいてあばれる。

「こ、こら、おとなしくしろ！」

オレは、あたふたとなった。

つづいては、まき割《わ》りの鍛錬《たんれん》。へっぴり腰《ごし》でオノをふりおろすも、オノがまきに食《く》いこんで取《と》れなくなり、オレはあせった。

かまどに火《ひ》をおこす鍛錬《たんれん》では、いきなりふきだしてきた煙《けむり》にむせ、ススだらけになる。

それでも、じゃんけんに強《つよ》くなりたい一心《いっしん》で、オレは修行《しゅぎょう》にはげんだ。

「次《つぎ》！　心《こころ》を洗《あら》う鍛錬《たんれん》！」

老師《ろうし》に命《めい》じられ、井戸水《いどみず》で洗《せん》たく物《もの》を洗《あら》う。

（ひええっ、ちめてえ！）

井戸水《いどみず》の冷《つめ》たさに、オレはブルッとなって、手《て》をひっこめる。そして、なるべく手《て》を水《みず》につけないようにしながら、指先《ゆびさき》だけで洗《せん》たくをはじめた。

すると、老師《ろうし》に杖《つえ》で肩《かた》をたたかれる。

「ダメダメ。もっと気合《きあ》いを入《い》れて、心《こころ》を洗《あら》うように洗《あら》わんか！」

オレは歯《は》を食《く》いしばりながら、懸命《けんめい》に洗《せん》たくをつづけた。

しかし、このころになると、オレの心《こころ》にひとつの疑問《ぎもん》がわいてくる。

（こんな鍛錬《たんれん》をして、本当《ほんとう》にじゃんけんが強《つよ》くなれるのか……？）

「グーの本質《ほんしつ》を知《し》る鍛錬《たんれん》」では、オレは天秤棒《てんびんぼう》をかつがされ、よろよろと歩《ある》いた。

天秤棒《てんびんぼう》の両《りょう》はしには、大《おお》きな石《いし》がごろごろ入《はい》った網《あみ》がかけられている。

「しっかり背筋《せすじ》をのばせ！」

老師《ろうし》に喝《かつ》を入《い》れられ、背筋《せすじ》をのばそうとした瞬間《しゅんかん》、オレはバランスをくずし、ころんでしまった。網《あみ》からとびだした石《いし》が、ごろごろところがっていく。

「最初《さいしょ》からやり直《なお》し！」

（やってらんねえ……）

オレはうんざりして、ため息《いき》をついた。

「パーの本質《ほんしつ》を知《し》る鍛錬《たんれん》」では、障子《しょうじ》のワクに障子紙《しょうじがみ》をはる修行《しゅぎょう》をさせられる。

障子《しょうじ》をはりながら、オレは次第《しだい》にイラだちをつのらせた。

「あー、もうやーめた！」

両手《りょうて》をパーにして、はった障子《しょうじ》に思《おも》いっきり穴《あな》をあけ、オレは叫《さけ》んだ。

それを見《み》た老師《ろうし》は、マユをしかめる。

「どうした？　まだチョキが残《のこ》っておるぞ」

「もう限界《げんかい》です。これのどこがじゃんけんの修行《しゅぎょう》なんですか？」

「じゃんけんは人生《じんせい》。人生《じんせい》の修行《しゅぎょう》がじゃんけんの勝負《しょうぶ》に結《むす》びつくと言《い》っておるだろ」

「そんなこと言《い》って、あんたがラクしたいだけじゃねーかよ」

「なにを、このたわけがっ！」

「たわけはそっちだろうが！　こんなんで勝《か》てるようになるわけねーだろ！」

言《い》いあいの末《すえ》、オレは老師《ろうし》に背中《せなか》をむけ、部屋《へや》をとびだしていく。

「おい、待《ま》たんか！　晩《ばん》めしの米《こめ》とぎの時間《じかん》だぞ！」

老師《ろうし》はさけんだが、オレはそのまま道場《どうじょう》をあとにした。


「おはようございまーす」

翌朝《よくあさ》、オレが一週間《いっしゅうかん》ぶりに会社《かいしゃ》に出勤《しゅっきん》すると、「おー、待《ま》ってたぞ」と先輩《せんぱい》たちがよってきた。

「はい？」

「じゃんけんだよ、朝《あさ》のコーヒーじゃんけん」

「あぁ、ボク、やめときます」

「そんな冷《つめ》たいこと言《い》わずに、な？」

先輩《せんぱい》たちは、オレを無理《むり》やりさそおうとする。

「だって、小野《おの》さんだってやってないじゃないですか」

オレは、ポテトチップスを食《た》べながら競馬新聞《けいばしんぶん》を見《み》ている、白髪混《しらがま》じりのさえない社員《しゃいん》、小野《おの》さんを指《ゆび》さした。

「いいんだよ、あの人《ひと》は」

「ええ？」

社内《しゃない》の誰《だれ》もが、なかば強制的《きょうせいてき》に参加《さんか》させられているじゃんけんに、小野《おの》さんだけはいつも参加《さんか》をまぬがれている。

（……どうしてなんだろう？）

オレは疑問《ぎもん》に思《おも》ったが、考《かんが》える間《ま》もなく、じゃんけんの輪《わ》の中《なか》に引《ひ》きずりこまれた。

「真田《さなだ》が入《はい》ったのでもう安心《あんしん》。いくぞー！」

杉山《すぎやま》さんが言《い》うと、「おーし！」と、みんなは笑顔《えがお》でこぶしをにぎりしめる。

「コーヒーじゃんけん、最初《さいしょ》はグー！　じゃんけーん、ほいっ！　あいこでしょ、あいこでしょ、しょ、しょ……」

あいこがつづき、勝負《しょうぶ》は、なかなか決《き》まらない。

「なんでだ？　いつもはすぐ決《き》まるのに。真田《さなだ》が負《ま》けて……」

「おい、どうしたんだよ、今日《きょう》？」

先輩《せんぱい》たちは、うろたえたようすでオレにたずねた。

「いや、ボクにもちょっとわかりません……」

そのとき、部長《ぶちょう》が出勤《しゅっきん》してきた。

「おい、いつまでやってんだよ、仕事《しごと》仕事《しごと》……」

部長《ぶちょう》にとがめられ、みんな不完全燃焼《ふかんぜんねんしょう》のまま、しぶしぶ自分《じぶん》の席《せき》へと散《ち》っていく。

そんななか、オレはぼうぜんとなって、自分《じぶん》の手《て》を見《み》つめた。

「負《ま》けなかった……。もしかしてこれが、修行《しゅぎょう》の成果《せいか》……？」


その日《ひ》、会社《かいしゃ》が終《お》わると、オレはまっすぐ「じゃんけん道場《どうじょう》」へとむかった。

「失礼《しつれい》します」

道場《どうじょう》の戸《と》をそっとあけ、声《こえ》をかける。——しかし、返事《へんじ》はない。

道場《どうじょう》の中《なか》に足《あし》をふみいれると、中《なか》は荒《あ》らされていた。オレは、胸騒《むなさわ》ぎをおぼえる。

「!!」

見《み》ると、老師《ろうし》が床《ゆか》に倒《たお》れていた。

「老師《ろうし》！」

オレはかけよって、老師《ろうし》を抱《だ》きおこす。

「おぉ、賢輔《けんすけ》か……」

老師《ろうし》は息《いき》も絶《た》え絶《だ》えのようすだったが、オレの顔《かお》を見《み》て、うれしそうにほほえんだ。

「だ、大丈夫《だいじょうぶ》ですか!?」

「あぁ。それより、修行《しゅぎょう》の成果《せいか》は出《で》たか？」

「はい！　オレ、今日《きょう》負《ま》けませんでした、ずっとあいこでした！」

「それはよかった……」

老師《ろうし》はほほえんだが、次《つぎ》の瞬間《しゅんかん》、「うっ……」と、苦《くる》しそうに顔《かお》をゆがめ、心臓《しんぞう》をおさえた。

「老師《ろうし》！」

オレの、老師《ろうし》を抱《だ》く手《て》に思《おも》わず力《ちから》がこもる。

「……いったい誰《だれ》にこんな……」

荒《あ》らされた道場《どうじょう》の中《なか》を見《み》まわしながら、オレはたずねた。

すると、老師《ろうし》は答《こた》える。

「腕《うで》に、三《さん》すくみの刺青《いれずみ》のある男《おとこ》だ……」

三《さん》すくみとは、ヘビ、カエル、ナメクジ——三者《しゃ》の関係《かんけい》をさす。

ヘビがカエルを食《た》べ、カエルがナメクジを食《た》べ、ナメクジが粘液《ねんえき》でヘビを溶《と》かしてしまうことから、三者《しゃ》が同時《どうじ》に出会《であ》うと、たがいにけん制《せい》しあって身動《みうご》きがとれなくなり、「三《さん》すくみ」になると言《い》われている。

「万全《ばんぜん》なら、勝《か》てる相手《あいて》だったが、近《ちか》ごろ、心臓《しんぞう》が弱《よわ》っていてな……」

「どうしてそこまで……」

「これを……守《まも》るためだ……」

老師《ろうし》は最後《さいご》の力《ちから》をふりしぼって、ふところから一本《いっぽん》の巻物《まきもの》を取《と》りだした。

「これは……？」

「じゃんけん道《どう》の奥義《おうぎ》のすべてが書《か》かれた秘伝《ひでん》の書《しょ》だ。……これを、おぬしにさずけよう」

「……オレなんかに」

「おぬししかおらん！」

老師《ろうし》は力強《ちからづよ》く言《い》うと、オレの手《て》に巻物《まきもの》をにぎらせる。そして、その手《て》を両手《りょうて》でつつみこむように、にぎりしめた。

「これからは、この巻物《まきもの》がおぬしを導《みちび》いてくれる。じゃんけんの道《みち》を……そして人生《じんせい》を切《き》りひらくのだ」

それだけ告《つ》げると、老師《ろうし》はガクッとうなだれた。

「老師《ろうし》！」

オレはハッとして、老師《ろうし》の体《からだ》をゆり動《うご》かす。

しかし、老師《ろうし》はすでに動《うご》かなくなっていた。


**「老師《ろうし》いいい————————ッ！！！」**


老師《ろうし》の亡骸《なきがら》を抱《だ》きながら、オレは声《こえ》の限《かぎ》りにさけんだ。

数日後《すうじつご》。オレはそれまで住《す》んでいたマンションの部屋《へや》をひきはらい、道場《どうじょう》に引《ひ》っ越《こ》してきた。

亡《な》くなった老師《ろうし》のあとを継《つ》ぎ、じゃんけん道場《どうじょう》のあるじとなったのである。

白《しろ》い道着姿《どうぎすがた》で道場《どうじょう》の床《ゆか》に正座《せいざ》したオレは、手《て》にした巻物《まきもの》をスラリとひもとく。

そこには、達筆《たっぴつ》な毛筆《もうひつ》で次《つぎ》のような奥義《おうぎ》が書《か》かれていた。

**『じゃんけん奥義《おうぎ》。じゃんけん、即《すなわ》ち人生《じんせい》。動《どう》ぜぬ心《こころ》と、本質《ほんしつ》を見《み》ぬく目《め》を持《も》つ者《もの》、勝者《しょうしゃ》となるべし』**

「動《どう》ぜぬ心《こころ》……」

オレは立《た》ちあがると、カンフーのような動《うご》きで、グー、チョキ、パーを繰《く》りだしはじめた。

それらの動《うご》きは、すべて巻物《まきもの》に記《しる》されている。

秘伝《ひでん》の書《しょ》の教《おし》えにしたがい、オレは日々《ひび》、じゃんけん道《どう》の修行《しゅぎょう》にはげんでいった。

「老師《ろうし》、いってまいります」

じゃんけん神像《しんぞう》のとなりに飾《かざ》られた老師《ろうし》の遺影《いえい》に手《て》を合《あ》わせ、オレは会社《かいしゃ》へとむかう。

ビルの一階《いっかい》に着《つ》くと、エレベーターは満員《まんいん》で、あとひとりしか乗《の》れない状態《じょうたい》だった。

（よかった、ギリギリセーフ！）

エレベーターに乗《の》ろうとすると、「じゃんけんだ！」と、あとからやってきた部長《ぶちょう》がこぶしをにぎりしめ、オレに勝負《しょうぶ》をいどんできた。

『**ひとつ。グーが如《ごと》く力《ちから》をふりかざす者《もの》、パーが如《ごと》く広《ひろ》い心《こころ》でつつんでやるべし**』

巻物《まきもの》に書《か》かれた奥義《おうぎ》が、そのとき、心《こころ》にひらめいた。

その瞬間《しゅんかん》、部長《ぶちょう》の顔《かお》に、グーの手《て》が重《かさ》なる。

（……見《み》える！）

やはり、部長《ぶちょう》はグーを出《だ》す気《き》なのだと、オレは確信《かくしん》した。

「最初《さいしょ》はグー！　……じゃんけん……」

「ほい！」

部長《ぶちょう》はグー。

オレが出《だ》したのは、その手《て》をつつみこむようなパーだ。

「失礼《しつれい》します」

ぼうぜんとなっている部長《ぶちょう》を残《のこ》し、オレは悠然《ゆうぜん》とエレベーターに乗《の》りこんだ。

社員食堂《しゃいんしょくどう》で、オレは先輩《せんぱい》たちに、ランチじゃんけんをいどまれる。

そのとき、奥義《おうぎ》の言葉《ことば》が老師《ろうし》の声《こえ》となって、オレの心《こころ》に響《ひび》いた。

**『ひとつ。欲《よく》に溺《おぼ》れる者《もの》、心乱《こころみだ》れ、いたずらに手《て》を尽《つ》くさんとす。動《うご》かず、同《おな》じ手《て》をくりかえせば、勝機《しょうき》はおとずれる』**

すると、先輩《せんぱい》たちの顔《かお》に、パーの手《て》が重《かさ》なった。

(見《み》える！　見《み》える！)

「ランチじゃんけーん！　最初《さいしょ》はグー！　……じゃんけん……」

「ほい！」

「ほい！」

「ほい！」

先輩《せんぱい》たちのパーを、オレはチョキで次々《つぎつぎ》と切《き》りまくった。

「真田《さなだ》がひとり勝《が》ちなんて……」

「げ、下剋上《げこくじょう》⁉」

がくぜんとなった先輩《せんぱい》たちをよそに、オレはひとり、定食《ていしょく》のトレイを手《て》にしながら、その場《ば》を離《はな》れていく。

ふと気《き》づくと、食堂《しょくどう》の一角《いっかく》に座《すわ》った石原《いしはら》さんが、オレのことをジッと見《み》つめていた。


その晩《ばん》、オレは石原《いしはら》さんからデートにさそわれた。

バーのカウンターにならんで座《すわ》って、石原《いしはら》さんが注文《ちゅうもん》してくれたカクテルを飲《の》む。

「お、おいしいですね……」

あこがれの先輩女子社員《せんぱいじょししゃいん》との初《はつ》デートとあって、オレは緊張《きんちょう》しまくっていた。

そのとき、石原《いしはら》さんがオレの前《まえ》に一本《いっぽん》のカギを置《お》く。

「これ、私《わたし》の部屋《へや》のカギ」

「えっ⁉」

オレは、心臓《しんぞう》がとびだしそうになった。

しかし、カギに手《て》をのばそうとすると、石原《いしはら》さんはそれをスッと引《ひ》っこめる。

そして、手《て》をグーの形《かたち》にしながら、オレにじゃんけんの勝負《しょうぶ》をいどんできた。

**『ひとつ。気《き》で勝《まさ》り、生《い》きざまで勝《まさ》り、戦《たたか》わずして勝《か》つ。これ即《すなわ》ち、真《しん》の勝者《しょうしゃ》なり』**

老師《ろうし》の声《こえ》が心《こころ》の中《なか》に響《ひび》く。

その瞬間《しゅんかん》、石原《いしはら》さんの顔《かお》に、チョキの手《て》が重《かさ》なって見《み》えた。

(……もらった！)

オレは勝利《しょうり》を確信《かくしん》した。すると――

「……やめた、勝《か》てる気《き》がしない」

石原《いしはら》さんはオレと勝負《しょうぶ》するのをあきらめ、カギを差《さ》しだしてきた。

「私《わたし》、好《す》きよ、強《つよ》い人《ひと》……」

オレの手《て》を両手《りょうて》でつつみこみながら、石原《いしはら》さんはささやく。

「あなたに、お願《ねが》いがあるの」

石原《いしはら》さんはそう言《い》って、オレの顔《かお》をジッと見《み》つめた。

翌日《よくじつ》、石原《いしはら》さんに連《つ》れられ、オレがやってきたのは、ビルの最上階《さいじょうかい》にある社長室《しゃちょうしつ》だった。

「入札《にゅうさつ》、ですか」

オレはおどろいて、目《め》の前《まえ》にいる人物《じんぶつ》を見返《みかえ》す。

目《め》の前《まえ》にいる人物《じんぶつ》――それは、オレが勤《つと》めているこの会社《かいしゃ》、別所建設《べっしょけんせつ》の社長《しゃちょう》だった。

「実《じつ》は、今《いま》から競争入札《きょうそうにゅうさつ》があってね。ぜひ、キミの手《て》を貸《か》してもらいたいんだ」

入札《にゅうさつ》――それは、業者選《ぎょうしゃえら》びの方法《ほうほう》である。複数《ふくすう》の業者《ぎょうしゃ》の中《なか》から、提案《ていあん》された事業内容《じぎょうないよう》を検討《けんとう》した上《うえ》で、もっとも有利《ゆうり》な条件《じょうけん》を出《だ》したところに仕事《しごと》を発注《はっちゅう》するのが、通常《つうじょう》のパターンだった。

「ところが、一般《いっぱん》には知《し》られていないが、建築業界《けんちくぎょうかい》の入札《にゅうさつ》は、じゃんけんで行《おこな》われているんだ」

「ええっ!?」

社長《しゃちょう》が言《い》うのを聞《き》いて、オレは耳《みみ》をうたがった。

「金額《きんがく》で決《き》めてるんじゃ……」

「それは昔《むかし》の話《はなし》よ」

石原《いしはら》さんも、横《よこ》から言《い》う。

「今《いま》は、技術《ぎじゅつ》も金額《きんがく》もどこもほとんど変《か》わらん。だからといって談合《だんごう》をするような時代《じだい》でもない。ほら、見《み》えるだろ？　あれ」

社長《しゃちょう》はそう言《い》って、窓《まど》の外《そと》を指《ゆび》さした。

「スカイ塔《とう》……ですね」

「あれも、じゃんけんでうちが取《と》った」

「えっ？」

「小野《おの》さんよ」

「お、小野《おの》さん⁉」

ポテトチップスを食《た》べながら競馬新聞《けいばしんぶん》を読《よ》んでいる、さえない小野《おの》さんの顔《かお》を思《おも》いうかべ、オレはおどろく。

「まさか……」

「小野《おの》さんは、ウチの会社《かいしゃ》で唯一《ゆいいつ》のじゃんけん入社《にゅうしゃ》なの。以前《いぜん》は連戦連勝《れんせんれんしょう》、むかうところ敵《てき》なしで、いつも、大《おお》きな仕事《しごと》を取《と》ってくれた」

じゃんけんで連戦連勝《れんせんれんしょう》している小野《おの》さんの姿《すがた》を想像《そうぞう》し、オレはぼうぜんとなる。

「でも、スカイ塔《とう》の仕事《しごと》を取《と》ったあと、小野《おの》は体調《たいちょう》をくずして、じゃんけんができない体《からだ》になってしまったんだ」

社長《しゃちょう》は沈痛《ちんつう》な面持《おもも》ちで、話《はなし》のつづきを語《かた》った。

「その結果《けっか》、わが社《しゃ》はその後《ご》の入札《にゅうさつ》で連戦連敗《れんせんれんぱい》、経営《けいえい》は急激《きゅうげき》に悪化《あっか》。そして、もし……」

「もし？　なんですか？」

「もし、今日《きょう》の入札《にゅうさつ》でも負《ま》けるようなことがあれば、倒産《とうさん》することになるだろう」

「倒産《とうさん》!?　うちがですか……」

オレは、がくぜんとなった。

すると、社長《しゃちょう》はオレの肩《かた》をつかみ、懇願《こんがん》してきた。

「たのむ！　キミのその手《て》に、全社員《ぜんしゃいん》の、人生《じんせい》がかかっているんだ……」

「人生《じんせい》……」

思《おも》わず、自分《じぶん》の手《て》を見《み》る。

「あぁ、人生《じんせい》だ。それを助《たす》けられるのは、キミしかいない！」

「……わかりました。……必《かなら》ず勝《か》ちます！」

オレは決意《けつい》して、こぶしをにぎりしめた。

入札会場《にゅうさつかいじょう》——そこは、城《しろ》の大広間《おおひろま》のような和室《わしつ》だった。

今《いま》にも、ホラ貝《がい》の音《おと》が聞《き》こえてきそうな、決戦《けっせん》の場《ば》。

その会場《かいじょう》に、オレは、石原《いしはら》さんと社長《しゃちょう》をしたがえ、乗《の》りこんできたのだ。

会場《かいじょう》には、競争相手《きょうそうあいて》の会社《かいしゃ》の社長《しゃちょう》や社員《しゃいん》のほかに、政府《せいふ》の高官《こうかん》たちが顔《かお》をそろえていた。

「それではただ今《いま》より、新国会議事堂建設《しんこっかいぎじどうけんせつ》の入札《にゅうさつ》を、厳正《げんせい》かつ公正《こうせい》に、執《と》りおこないます」

立会人《たちあいにん》が会場《かいじょう》の人々《ひとびと》に告《つ》げる。

「まずは、別所建設《べっしょけんせつ》」

審判《しんぱん》の声《こえ》に、オレは「はい！」と返事《へんじ》をし、スーッと深呼吸《しんこきゅう》をして、一歩前《いっぽまえ》に歩《あゆ》みでる。

そんなオレの姿《すがた》を、石原《いしはら》さんと社長《しゃちょう》は息《いき》を飲《の》んで見守《みまも》っていた。

「つづいて、堂島組《どうじまぐみ》」

「はい……」

ライバル社《しゃ》の名《な》が呼《よ》ばれ、黒《くろ》い袖《そで》なしの道着《どうぎ》を着《き》た対戦相手《たいせんあいて》も一歩前《いっぽまえ》に歩《あゆ》みでた。

「両者《りょうしゃ》、握手《あくしゅ》！」

対戦相手《たいせんあいて》と握手《あくしゅ》をしようとした瞬間《しゅんかん》、オレはハッとこおりつく。

男《おとこ》の腕《うで》には、ヘビ、カエル、ナメクジ——三《さん》すくみの刺青《いれずみ》があった。

三《さん》すくみの刺青《いれずみ》のある刺客《しかく》にやられたという老師《ろうし》の言葉《ことば》が、オレの記憶《きおく》によみがえる。

「お前《まえ》、まさか、老師《ろうし》の……！」

「じゃんけん老師《ろうし》を知《し》ってるのか。老師《ろうし》はどうだ？　元気《げんき》にしてるか……？」

不敵《ふてき》な笑《え》みをうかべながら刺客《しかく》が言《い》うのを聞《き》いて、オレはワナワナとふるえだした。

「貴様《きさま》ぁ！　老師《ろうし》は、亡《な》くなったんだ、貴様《きさま》のせいで！」

「そうか……」

刺客《しかく》はつぶやき、「ふははは……」と、高笑《たかわら》いする。

「おとなしく巻物《まきもの》をわたせばよかったのに」

このひとことで、オレの怒《いか》りは頂点《ちょうてん》に達《たっ》した。

「……絶対《ぜったい》に、勝《か》つ！」

刺客《しかく》をキッとにらみながら、オレは宣言《せんげん》する。

「三本先取《ぼんせんしゅ》で勝利《しょうり》！　勝負《しょうぶ》、はじめ！」

審判《しんぱん》の声《こえ》で勝負《しょうぶ》がはじまった。

「最初《さいしょ》はグー！」

刺客《しかく》とオレは、たがいのこぶしを空手《からて》のツキのように、突《つ》きだしあった。

（み、見《み》えない……！）

オレはあせった。いつもなら、相手《あいて》の顔《かお》に重《かさ》なって見《み》えるはずのじゃんけんの手《て》が、刺《し》客《かく》の顔《かお》には見《み》えなかったのだ。

**「……じゃんけん、ハッ！」**

オレはパーで、刺客《しかく》はチョキ。

一戦目《いっせんめ》は、刺客《しかく》の先制勝《せんせいが》ちだった。

「話《はなし》にならんな……」

見《み》くだしたような笑《え》みをうかべ、刺客《しかく》ははき捨《す》てる。

「……まだまだ！」

刺客《しかく》をにらみつけ、オレはしぼりだすような声《こえ》で言《い》った。

「最初《さいしょ》はグー！　……じゃんけん……ハッ！」

二戦目《せんめ》は、たがいにグーのあいこ。

グーとグーがぶつかりあい、バチバチと火花《ひばな》が散《ち》る。

「……あいこで、ハッ！」

今度《こんど》はチョキのあいこだ。

刺客《しかく》とオレはチョキとチョキをからませ、またしても火花《ひばな》を散《ち》らしあった。

「ハッ！　ハッ！　ハッ！　ハッ！　ハッ！　ハッ！」

あいこがつづく。

グー、チョキ、パーで、たがいに相手《あいて》を押《お》したり、突《つ》き倒《たお》したり……。

じゃんけんというより、もはや格闘技《かくとうぎ》だ。

オレは、肩《かた》で息《いき》をしていた。

ひたいには、冷《ひ》や汗《あせ》がにじむ。

刺客《しかく》を見《み》ると、相手《あいて》は余裕《よゆう》の笑《え》みをうかべていた。

「お遊《あそ》びはこれまでだ」

刺客《しかく》は、カンフーのような動《うご》きをしはじめる。

オレはネクタイを外《はず》し、投《な》げ捨《す》てた。

「最初《さいしょ》はグー！　……じゃんけん」

次《つぎ》の瞬間《しゅんかん》、刺客《しかく》は飛《と》びあがり、空中《くうちゅう》で大《おお》きく側転《そくてん》した。

そして、「ハーッ！」とさけびながら、パーを繰《く》りだしてくる。

オレは、グー。

グーとパーで、二戦目《せんめ》もオレの負《ま》けだった。

がっくりとヒザをついたオレを、石原《いしはら》さんと社長《しゃちょう》がハラハラしながら見《み》つめている。

(手《て》が見《み》えない……老師《ろうし》……どうすれば……)

オレは、心《こころ》の中《なか》で老師《ろうし》に助《たす》けを求《もと》めた。

すると、目《め》の前《まえ》に老師《ろうし》のまぼろしがあらわれ、オレをいましめるように、トンと杖《つえ》を打《う》ち鳴《な》らした。

『じゃんけん、即《すなわ》ち人生《じんせい》。動《どう》ぜぬ心《こころ》と、本質《ほんしつ》を見《み》ぬく目《め》を持《も》つ者《もの》、勝者《しょうしゃ》となるべし』

「……動《どう》ぜぬ心《こころ》……」

オレはつぶやく。

「立《た》て」

刺《し》客《かく》に声《こえ》をかけられ、オレは立《た》ちあがった。

刺《し》客《かく》の口《くち》もとには、勝《しょう》利《り》を確《かく》信《しん》した笑《え》みがうかんでいる。

「いくぞ！　最《さい》初《しょ》はグー！　じゃんけん……」

刺《し》客《かく》はいきおいよく走《はし》りだしたかと思《おも》うと、ふわりとジャンプし、ムササビのように滑《かっ》空《くう》しながら、オレに迫《せま》ってきた。

オレは、のけぞって攻《こう》撃《げき》をかわす。そして、次《つぎ》の瞬《しゅん》間《かん》、「ハッ！」と手《て》をひらいた。

オレはパーで、刺《し》客《かく》はグー。

(やった!!)

三《さん》戦《せん》目《め》は、オレの勝《しょう》利《り》だ。

「命《いのち》拾《びろ》いしたな」

宙《ちゅう》返《がえ》りしながら畳《たたみ》に着《ちゃく》地《ち》すると、刺《し》客《かく》はにやりと笑《わら》った。

「だが、これで終《お》わりだ！」

刺客《しかく》はカンフーのような動《うご》きをしながら、次《つぎ》の攻撃《こうげき》にそなえて「気《き》」を集《あつ》める。

「……本質《ほんしつ》を見《み》ぬく目《め》……」

オレはジャンプして、宙《ちゅう》を舞《ま》った。

空中《くうちゅう》で一回転《いっかいてん》したとき、刺客《しかく》の顔《かお》にパーの手《て》が重《かさ》なる。

(見《み》えた!!)

**「じゃんけん、ハッ!!」**

オレはチョキ、刺客《しかく》はパー。

(四戦目《せんめ》もオレの勝《か》ち……これで二勝《しょう》二敗《はい》だ!!)

畳《たたみ》の上《うえ》に着地《ちゃくち》したとき、手《て》をたたいて喜《よろこ》んでいる石原《いしはら》さんの姿《すがた》が見《み》えた。

オレは、ようやく笑顔《えがお》になる。

このとき、刺客《しかく》の顔《かお》からは、余裕《よゆう》の笑《え》みが消《き》えた。

「よくタイにした。だが運《うん》が悪《わる》い。オレを本気《ほんき》にさせちまった」

パーにした手《て》をくやしげににぎりしめ、刺客《しかく》はつぶやく。

その両目《りょうめ》には、青白《あおじろ》い炎《ほのお》がメラメラと燃《も》えはじめた。

次《つぎ》の瞬間《しゅんかん》、刺客《しかく》は宙《ちゅう》に飛《と》びあがった。

すかさず、オレも飛《と》びあがる。

オレと刺客《しかく》はロケットのようになって、どこまでも高《たか》く、宙《ちゅう》に舞《ま》いあがっていった。


じゃんけん勝負《しょうぶ》は、空中戦《くうちゅうせん》へともつれこんだ。

「覚悟《かくご》しろ！」

「望《のぞ》むところだ！」

対峙《たいじ》するオレと刺客《しかく》のまわりには、満天《まんてん》の星《ほし》が広《ひろ》がっている。


**「最初《さいしょ》はグー！　じゃんけん、ハッ!!」**


パーとパーのあいこ。

「あいこで、ハッ！　ハッ！　ハッ！　ハッ！」

宙《ちゅう》にうかんだまま、グルグルと回転《かいてん》しながら、死闘《しとう》のあいこを繰《く》りだしあう。
壮絶《そうぜつ》なバトル――技《わざ》と技《わざ》の応酬《おうしゅう》だった。
そのとき、刺客《しかく》のグーが、オレのグーにガシッと食《く》いこんだ。
衝撃《しょうげき》で、オレは飛《と》ばされていく。

ドサッ!!
オレは、入札会場《にゅうさつかいじょう》の畳《たたみ》の上《うえ》に倒《たお》れこんだ。
「また見《み》えない……。老師《ろうし》、もうオレ、ダメかもしれません……」
思《おも》わず弱音《よわね》をはいたオレに、『たわけがっ!』と、老師《ろうし》の喝《かつ》がとぶ。
『信念《しんねん》の力《ちから》で、運《うん》ではなく運命《うんめい》をあやつる、それがじゃんけん道《どう》なり……』
老師《ろうし》のまぼろしは、オレに言《い》った。
(信念《しんねん》の力《ちから》で……運命《うんめい》をあやつる……)
――出会《であ》ったころに、老師《ろうし》に言《い》われた言葉《ことば》だった。

オレの中《なか》に、ふたたび気合《きあ》いの炎《ほのお》がみなぎってくる。

「はあ！」とさけんで、ふたたび宙《ちゅう》に舞《ま》いあがる刺客《しかく》。

その背後《はいご》に、ヘビ、カエル、ナメクジ——刺客《しかく》のオーラが実体化《じったいか》した、三《さん》すくみの化身《けしん》があらわれた。

同時《どうじ》にオレも、「はあ！」と舞《ま》いあがる。

オレの背後《はいご》には、オレの気合《きあ》いのオーラが実体化《じったいか》した、さん然《ぜん》と輝《かがや》くじゃんけん神像《しんぞう》があらわれた。

相対《あいたい》する、じゃんけん神像《しんぞう》と三《さん》すくみの化身《けしん》。

「これで終《お》わりだ、ハーッ！」

オレたちはたがいにむかって、矢《や》のように飛《と》んでいく。

オレの手《て》は、グー。

刺客《しかく》の手《て》は、パー。

しかし、オレは動《どう》じなかった。

全力《ぜんりょく》で「気《き》」を集中《しゅうちゅう》させると、刺客《しかく》のパーの手《て》が本人《ほんにん》の意志《いし》に反《はん》し、チョキへと変《か》わっていく。

**「なにぃっ!!?」**

うろたえる刺客《しかく》。

「信念《しんねん》の力《ちから》で、運《うん》ではなく運命《うんめい》をあやつる! それがじゃんけん道《どう》だあぁぁぁぁっ!!!」

**ガシッ!!!**

オレのグーが、刺客《しかく》のチョキに食《く》いこんだ。

「ぐわああああああぁぁぁぁっ!!!」

刺客《しかく》はさけび声《ごえ》をあげながら、飛《と》ばされていく。

そのとき、オレたちの背後《はいご》では、じゃんけん神像《しんぞう》が三すくみの化身《けしん》を撃破《げきは》していた。

入札会場《にゅうさつかいじょう》。手《て》をチョキにした刺客《しかく》が、ひくひくとなって倒《たお》れている。

そのそばで、オレはグーの手《て》をガッツポーズのようにふりかざしながら、仁王立《におうだ》ちしていた。

「そこまで！　勝者《しょうしゃ》、別所建設《べっしょけんせつ》！」

審判《しんぱん》の声《こえ》に、石原《いしはら》さんと社長《しゃちょう》は歓声《かんせい》をあげる。

次《つぎ》の瞬間《しゅんかん》、石原《いしはら》さんは客席《きゃくせき》をとびだし、オレのほうへかけよってきた。

「信《しん》じてた……」

オレに抱《だ》きつきながら、石原《いしはら》さんはつぶやく。

『いい、グーだったぞ』

見《み》ると、老師《ろうし》のまぼろしも満足《まんぞく》そうにほほえんでいた。

「老師《ろうし》、ありがとうございます……」

オレは、老師《ろうし》のまぼろしにむかって一礼《いちれい》する。

（カタキはとった……）

そう思《おも》った瞬間《しゅんかん》、オレの胸《むね》は、誇《ほこ》らしい気持《きも》ちでいっぱいになった。


それからしばらくたったある日《ひ》。

住宅街《じゅうたくがい》の路地裏《ろじうら》で、オレは子《こ》どもたちとじゃんけんをしていた。

「じゃんけんほい！」

勝《か》った子《こ》どもたちは喜《よろこ》んで「チ・ヨ・コ・レ・イ・ト」と言《い》いながら、石段《いしだん》をかけあがる。

**『グー、チョキ、パーに、ただただ、たわむれる。それもまた、じゃんけんなり』**

そんな老師《ろうし》の教《おし》えにしたがい、オレは子《こ》どもたちと無心《むしん》に、じゃんけんを遊《あそ》びとして楽《たの》しんでいたのだった。

「パ・イ・ナ・ツ・プ・ル」

今度《こんど》はオレが勝《か》って、石段《いしだん》をのぼる。

そのとき、黒《くろ》い車《くるま》がやってきて、遊《あそ》んでいるオレたちの近《ちか》くにとまった。

ドアがひらき、車《くるま》からおりてきた人物《じんぶつ》は、黒服《くろふく》のＳＰ《エスピー》をしたがえている。

「真田賢輔《さなだけんすけ》さんだね？」

「そ、総理《そうり》……」

「ぜひ、あなたの手《て》を貸《か》していただきたい」

総理大臣《そうりだいじん》に言《い》われて、オレは思《おも》わず自分《じぶん》の手《て》を見《み》る。

そして、うなずきながら、「はい」と返事《へんじ》をした。

そのまま総理《そうり》の車《くるま》に乗《の》りこむと、オレは次《つぎ》の決戦《けっせん》の場《ば》へとむかっていく。

じゃんけん道《どう》をきわめたオレの右手《みぎて》は、今《いま》や日本《にほん》の運命《うんめい》を左右《さゆう》する「手《て》」となっていたのだった。

おわり

# 家《か》族《ぞく》の肖《しょう》像《ぞう》

脚《きゃく》本《ほん》◆林《はやし》誠人《まこと》

ここは、郊外《こうがい》の住宅地《じゅうたくち》。

丘《おか》の斜面《しゃめん》にそって、白《しろ》いかべの家々《いえいえ》が立《た》ちならんでいる。

丘《おか》のてっぺんにつづく、まっすぐな坂道《さかみち》。

その両側《りょうがわ》に、イチョウ並木《なみき》が黄色《きいろ》く色《いろ》づいている。

坂道《さかみち》をのぼりきったところに、ぼくの家《いえ》はあった。


朝《あさ》の玄関先《げんかんさき》。

ぼくと父《とう》さんは、家《いえ》から出《で》る。

空気《くうき》はひんやりしていたが、日《ひ》ざしは十月《がつ》の終《お》わりとは思《おも》えないくらい、あたたかかった。

「おーい！」

「お母《かあ》さん、早《はや》く早《はや》くー！」

ぼくたちは、まだ家《いえ》の中《なか》にいる母《かあ》さんにむかって呼《よ》びかけた。

「戸《と》じまり、よーし。火《ひ》の始末《しまつ》、よーし。留守番電話《るすばんでんわ》、よーし」

家《いえ》の中《なか》を確認《かくにん》しながら、玄関《げんかん》に出《で》てくる母《かあ》さん。

母《かあ》さんのあとを追《お》って、毛《け》むくじゃらのシーズー犬《けん》、ポチも家《いえ》から出《で》てきた。

「おいで、ポチ」

母《かあ》さんは足《あし》もとのポチを抱《だ》きあげると、ぼくたちにつづいて家《いえ》を出《で》る。


家《いえ》の前《まえ》に横《よこ》づけした車《くるま》に、乗《の》りこんだぼくたち。

運転席《うんてんせき》に、父《とう》さん。

助手席《じょしゅせき》に、母《かあ》さん。

後部《こうぶ》シートに、ぼくとポチ。

みんながシートベルトをしめたのを確認《かくにん》すると、「よし、出発《しゅっぱつ》！」と、父《とう》さんは車《くるま》を発《はっ》進《しん》させた。

車《くるま》は、ゆっくりと坂道《さかみち》をおりていく。

ぼくの名前《なまえ》は、篠田治《しのだおさむ》。十歳《じゅっさい》、小学四年生《しょうがくよねんせい》だ。
この郊外《こうがい》の住宅地《じゅうたくち》の家《いえ》に、ぼくは父《とう》さん、母《かあ》さん、犬《いぬ》のポチと四人《にん》で暮《く》らしていた。
いや、正確《せいかく》には、三人《にん》と一匹《いっぴき》かな？
この日《ひ》は、よく晴《は》れた日曜日《にちようび》だった。
ぼくたちは、父《とう》さんが運転《うんてん》する車《くるま》で山《やま》へドライブに出《で》かけようとしていた。
ぼくは、まだ知《し》らなかった。
この日《ひ》、幸《しあわ》せだったぼくの人生《じんせい》が、すっかり変《か》わってしまうことを――。

ぼくたちの乗《の》った車《くるま》は、広々《ひろびろ》とした道《みち》をかけぬけてゆく。
車《くるま》の中《なか》、ぼくたちは歌《うた》を歌《うた》っていた。
すみきった秋晴《あきば》れの空《そら》に、響《ひび》きわたる明《あか》るい歌声《うたごえ》。
窓《まど》の外《そと》には、紅葉《こうよう》に色《いろ》づく山々《やまやま》の、美《うつく》しい景色《けしき》が広《ひろ》がっている。
渋滞《じゅうたい》もなく、ドライブは順調《じゅんちょう》だった。
「食《た》べる？」

助手席《じょしゅせき》の母《かあ》さんが、ふりかえって、ぼくにオヤツのクッキーを差《さ》しだす。

「うまいぞ、それ」

運転席《うんてんせき》の父《とう》さんも、ふりかえって、ぼくに言《い》った。


ぼくたちは、気《き》づかなかった。

そのとき、反対側《はんたいがわ》の車線《しゃせん》を一台《だい》のトラックが、ふらふらと蛇行《だこう》しながら、こちらにむかって突《つ》き進《すす》んでいたことを――


「あっ!!」

ふと気《き》づくと、ぼくたちの車《くるま》の前《まえ》には、トラックの大《おお》きな車体《しゃたい》があった。

急《きゅう》カーブを曲《ま》がりきれず、対向車線《たいこうしゃせん》からとびだしてきたのだ。

父《とう》さんはあわててブレーキをふみ、大《おお》きくハンドルを切《き》る。

しかし、間《ま》にあわなかった。

**キキキイイイイイイイイ――――ッ!!**

タイヤが激《はげ》しくきしむ音《おと》。

それにつづく、大《おお》きな衝撃音《しょうげきおん》。

悲劇《ひげき》は、一瞬《いっしゅん》にして起《お》きた。

その瞬間《しゅんかん》、ぼくの世界《せかい》から、すべてが消《き》え失《う》せた。


この事故《じこ》で、父《とう》さんも、母《かあ》さんも、ポチも、みんな、死《し》んでしまった。

大切《たいせつ》な家族《かぞく》の命《いのち》が、一瞬《いっしゅん》にして奪《うば》われたのだ。

そして、ぼくだけが生《い》き残《のこ》った。

みんなは奇跡《きせき》だと言《い》ったけど、ぼくは奇跡《きせき》なんてほしくなかった。


放課後《ほうかご》の小学校《しょうがっこう》。

下校時間《げこうじかん》を告《つ》げるチャイムが鳴《な》っている。

校庭《こうてい》には、鉄棒《てつぼう》をしたり、サッカーをしたり、おしゃべりを楽《たの》しんでいるみんなの、明《あか》るく、元気《げんき》な笑《わら》い声《ごえ》が響《ひび》いている。

そんななか、ぼくはひとり、校門《こうもん》にむかって歩《ある》いていた。

あの日以来《ひいらい》、ぼくは笑《わら》うことができなくなっていた。

幸《しあわ》せそうな笑顔《えがお》を見《み》ると、失《うしな》った家族《かぞく》のことを思《おも》いだしてしまう。

だから、いつもひとりだった。


「治《おさむ》ちゃん！」

そのとき、イトコの稔《みのる》くんが、走《はし》ってぼくを追《お》いかけてきた。

「算数《さんすう》のテスト、何点《なんてん》だった？」

稔《みのる》くんは息《いき》をはずませながら、ぼくにたずねる。

「……うん」

ぼくが言葉《ことば》をにごしていると、稔《みのる》くんは自慢《じまん》げに言《い》った。

「ぼく、85点《てん》。80点《てん》以上《いじょう》取《と》るとさ、ウチ、おこづかい三百円《えん》アップなんだ」

「……そう」

ぼくは、気《き》のない返事《へんじ》をする。

「80点《てん》クリアなら、治《おさむ》ちゃんのことも、お母《かあ》さんにたのんであげるよ」

「いいよ、ぼくは……」

「いいって、点《てん》が悪《わる》かったの？」

ぼくがだまっていると、稔《みのる》くんはテストの点《てん》が悪《わる》かったと思《おも》ったのか、それ以上《いじょう》はなにも聞《き》かなかった。

稔《みのる》くんの家《いえ》は、花屋《はなや》だった。

店《みせ》の奥《おく》にある住宅《じゅうたく》に、父親《ちちおや》の洋介《ようすけ》おじさんと、母親《ははおや》の由美《ゆみ》おばさんと、三人《にん》で暮《く》らしている。

事故《じこ》で両親《りょうしん》を失《うしな》ったぼくは、この家《いえ》でおじさんたちの世話《せわ》になっていた。

「ただいま！」

学校《がっこう》から帰《かえ》った稔《みのる》くんが、元気《げんき》よくあいさつをする。

「よっ、おかえり」

店先《みせさき》にいた洋介《ようすけ》おじさんは笑顔《えがお》で答《こた》え、「おかえり」と、うしろからやってきたぼくにも声《こえ》をかけた。

「ただいま」

ぼくはそっけなくあいさつをかえすと、稔《みのる》くんのあとにつづいて、店《みせ》の奥《おく》にある家《いえ》の中《なか》へと入《はい》っていった。

稔《みのる》くんはそのまま一階《いっかい》に残《のこ》ったが、ぼくは階段《かいだん》をあがり、二階《かい》へとむかう。


二階《かい》は、稔《みのる》くんとぼくの子《こ》ども部屋《べや》だった。

稔《みのる》くんの勉強机《べんきょうづくえ》の横《よこ》に、ぼくの勉強机《べんきょうづくえ》がちょこんと置《お》かれている。

ぼくは、机《つくえ》の上《うえ》にランドセルを置《お》くと、算数《さんすう》のテストを取《と》りだし、リュックに入《い》れた。

そして、机《つくえ》のひきだしをあける。

そこには、キーホルダーのついた一本《いっぽん》のカギが入《はい》っていた。

それは、前《まえ》に住《す》んでいた家《いえ》のカギだった。

ぼくは、カギを手《て》に取《と》り、ポケットにしまう。

それから、リュックを背負《せお》うと、子《こ》ども部屋《べや》を出《で》て、ふたたび階段《かいだん》をおりはじめた。

一階《いっかい》のリビングでは、由美《ゆみ》おばさんが稔《みのる》くんと話《はな》していた。

「おしかったわねー、これ」

手《て》にした算数《さんすう》のテストの答案《とうあん》を稔《みのる》くんに見《み》せ、おばさんは「ほら、ここ」と、問題《もんだい》を指《ゆび》さす。

「ああ、それ？　ミスっちゃったんだよね。足《た》すところを掛《か》けちゃってさ」

オヤツのプリンを食《た》べながら、稔《みのる》くんは答《こた》えた。

「あわてるからよ。でも、ま、これなら合格点《ごうかくてん》かな」

「忘《わす》れないでよ、三百円《えん》」

稔《みのる》くんはちゃっかりと、おこづかいの値上《ねあ》げを要求《ようきゅう》する。

「はいはい」

85点《てん》の答案《とうあん》を見《み》て、おばさんは、ホクホクしたようすだった。

そのとき、由美《ゆみ》おばさんは、階段《かいだん》をおりてきたぼくに気《き》づいた。

「治《おさむ》くん、プリン、食《た》べる？」

リビングのドアから顔《かお》を出《だ》し、おばさんはぼくにたずねる。

「これから、出《で》かけるんで」

ぼくはそっけなく答《こた》え、玄関《げんかん》へとむかった。

心配《しんぱい》そうな顔《かお》でぼくを見送《みおく》るおばさんに、稔《みのる》くんが小声《こごえ》でささやく。

「テストの点《てん》、悪《わる》かったんだよ、治《おさむ》ちゃんは」

「そうなの……」

おばさんはつぶやいたあと、少《すこ》し間《ま》を置《お》いて稔《みのる》くんに言《い》った。

「仲良《なかよ》くしてあげてね。治《おさむ》くん、今《いま》いちばんつらいときなんだから」

稔《みのる》くんの家《いえ》を出《で》たぼくは、自転車《じてんしゃ》に乗《の》り、ある場所《ばしょ》へとむかう。

商店街《しょうてんがい》をぬけ、橋《はし》をわたり、しばらく行《い》くと、白《しろ》いかべの家々《いえいえ》が立《た》ちならぶ丘《おか》が見《み》えた。

丘《おか》のてっぺんにつづくまっすぐな坂道《さかみち》。

その両側《りょうがわ》に立《た》ちならぶイチョウ並木《なみき》は、葉《は》っぱもまばらになっていた。

坂道《さかみち》にさしかかると、ぼくは自転車《じてんしゃ》をおりた。

長《なが》く急《きゅう》な坂《さか》なので、いつもここからは自転車《じてんしゃ》をおり、押《お》して歩《ある》く。

どんよりした冬空《ふゆぞら》の下《した》、ぼくのはく息《いき》は白《しろ》い。

ようやく坂道《さかみち》をのぼりきると、以前《いぜん》、住《す》んでいた家《いえ》の前《まえ》にたどり着《つ》いた。

ぼくは自転車《じてんしゃ》をとめ、門《もん》の中《なか》へと入《はい》っていく。

そして、ポケットからカギを取《と》りだし、玄関《げんかん》をあけた。


家《いえ》の中《なか》に足《あし》をふみいれたとたん、なつかしさに胸《むね》がしめつけられる思《おも》いがした。

そこは、ぼくが父《とう》さんや母《かあ》さんやポチと暮《く》らしていたころのままになっていたのだ。

ソファも、テーブルも、冷蔵庫《れいぞうこ》も、テレビも、なにもかも、そのまんまの状態《じょうたい》で置《お》かれている。

「ただいま」

ぼくは思《おも》わず、口《くち》に出《だ》して言《い》ってみた。

しかし、返事《へんじ》はない。

家《いえ》の中《なか》は、きれいに片《かた》づいていたが、カーテンはしめきられ、うす暗《ぐら》く、閑散《かんさん》としていた。

リビングにやってきたぼくは、もう一度《いちど》、大《おお》きな声《こえ》で言《い》った。

「ただいま！」

しかし、やはり、どこからも返事《へんじ》はない。

「…………」

ぼくはリュックから算数《さんすう》のテストの答案《とうあん》を取《と》りだすと、チェック柄《がら》のクロスが敷《し》かれたダイニングテーブルの上《うえ》に置《お》いた。

それは、百点満点《ひゃくてんまんてん》の答案《とうあん》だった。

「……100点《てん》なんだぞ」

ぼくはつぶやく。

「100点《てん》なんだってば！」

声《こえ》の限《かぎ》りにさけんでみたが、ほめてくれる父《とう》さんも、喜《よろこ》んでくれる母《かあ》さんも、そこにはいなかった。

テレビの前《まえ》に座《すわ》って、家族《かぞく》が映《うつ》ったビデオを見《み》はじめる。

あの事故《じこ》で家族《かぞく》をいっぺんに失《うしな》って以来《いらい》、この家《いえ》にきて、ありし日《ひ》の家族《かぞく》の姿《すがた》が映《うつ》ったビデオを見《み》るのが、ぼくの日課《にっか》となっていた。


ビデオの画面《がめん》の中《なか》、ぼくは父《とう》さんとならんでソファに座《すわ》っていた。

ポチをヒザに抱《だ》きながら、ぼくがカメラにむかって、「ピース！」と、V《ブイ》サインを出《だ》すと、父《とう》さんも笑顔《えがお》で、「ピース！」と、V《ブイ》サインをする。

しばらくして、画面《がめん》の中《なか》のぼくは席《せき》を立《た》ち、ビデオカメラのほうへむかって歩《ある》いていった。

「お母《かあ》さんも入《はい》りなよ」

ビデオカメラをまわしている母《かあ》さんに声《こえ》をかける。

「私《わたし》はいいわよ」

母《かあ》さんの声《こえ》が答《こた》えた。

「いいから、いいから」

画面《がめん》の中《なか》のぼくはそう言《い》って、母《かあ》さんの手《て》から、ビデオカメラを取《と》りあげる。

すると、母《かあ》さんの姿《すがた》が画面《がめん》にあらわれた。

父《とう》さんとならんで、ソファに腰《こし》かけた母《かあ》さん。

「ほらほら、もっとくっついて」

ぼくの声《こえ》に、母《かあ》さんは「えー？」と言《い》いながらも、父《とう》さんの近《ちか》くに座《すわ》り直《なお》す。

すると、父《とう》さんは、母《かあ》さんの肩《かた》をグイと抱《だ》きよせた。

「ヤダもう、父《とう》さんったら！」

「お母《かあ》さんは、照《て》れてます」

言《い》いながら、カメラにむかって、V《ブイ》サインをする父《とう》さん。

「イ…イエイ！」

母《かあ》さんも、照《て》れながら、小《ちい》さくV《ブイ》サインをした。

「…………」

テレビの前《まえ》で、ヒザをかかえながら、それを見《み》ているぼく。

画面《がめん》に映《うつ》った父《とう》さんと母《かあ》さんの幸《しあわ》せそうな顔《かお》を見《み》て、ぼくは、たまらなく切《せつ》ない気持《きも》ちになった。

このとき、ぼくはまだ気《き》づいていなかった。

家《いえ》の中《なか》に、人《ひと》の気配《けはい》が漂《ただよ》いはじめていたことに……。


リビングの片隅《かたすみ》にあるゴルフバッグから、何者《なにもの》かの手《て》がゴルフクラブをぬきとる。

キッチンでは、何者《なにもの》かが包丁《ほうちょう》を手《て》にし、野菜《やさい》をきざみはじめた。

ガスコンロの上《うえ》で、やかんがピーッという音《おと》を立《た》てる。


「やったな、治《おさむ》！」

そのとき、ビデオを見《み》ていたぼくの背後《はいご》で、とつぜん、声《こえ》が聞《き》こえてきた。

同時《どうじ》に電気《でんき》がつき、うす暗《ぐら》かった部屋《へや》がパッと明《あか》るくなる。

「えっ？」

ふりむくと、そこには、ぼくの100点《てん》の答案用紙《とうあんようし》を手《て》にした父《とう》さんが立《た》っていた。

「お、お父《とう》さん……!?」

「算数《さんすう》のテスト、100点《てん》じゃないか！」

父《とう》さんは言《い》いながら、笑顔《えがお》でこちらに近《ちか》づいてくる。

（どうしてお父《とう》さんがここに……？）

ぼくは、まぼろしを見《み》ているのだろうか？

すると、一方《いっぽう》から、今度《こんど》は母《かあ》さんの声《こえ》が聞《き》こえてきた。

「治《おさむ》は、クラスでいちばんなのよね」

ふりむくと、ダイニングテーブルの前《まえ》、料理《りょうり》のトレイを手《て》にした母《かあ》さんが立《た》っている。

「お母《かあ》さん！」

まるで夢《ゆめ》のようで、ぼくには信《しん》じられなかった。

「キャンキャン！」

そのとき、毛《け》むくじゃらのポチが、ぼくの足《あし》もとにかけよってくる。

「ポチ！」

抱《だ》きあげると、ポチはあたたかかった。

（………夢《ゆめ》じゃないんだ）

ポチを抱《だ》きしめ、ぼくは思《おも》った。

そして、目《め》をうるませながら、父《とう》さんと母《かあ》さんに言《い》う。

「……帰《かえ》ってきたんだね？　……みんな、帰《かえ》ってきてくれたんだね？」

「なんだよ、治《おさむ》。あたりまえじゃないか」

「ここは、私《わたし》たちのウチなんだから」

そう言《い》って、父《とう》さんと母《かあ》さんは笑《わら》った。

――いつもどおりの笑顔《えがお》。

――いつもどおりの家族《かぞく》。

――そして、ぼくの腕《うで》の中《なか》にはポチ。

ぼくは、うれしさで胸《むね》がいっぱいになった。

夕方《ゆうがた》、ぼくは上《じょう》きげんで、稔《みのる》くんの家《いえ》に帰《かえ》ってきた。

「ただいま！」

店先《みせさき》にいた洋介《ようすけ》おじさんに、元気《げんき》よくあいさつをする。

おじさんはおどろいて、ぼくを見返《みかえ》した。

「いらっしゃいませ！」

花《はな》を買《か》っていたお客《きゃく》さんにも、ぼくは声《こえ》をかける。

急《きゅう》に明《あか》るくなったぼくを見《み》て、おじさんはお客《きゃく》さんにおつりをわたすのも忘《わす》れ、ぽかんとなっていた。

「おばさん！　プリン、あとで食《た》べるね」

リビングにいた由美《ゆみ》おばさんに声《こえ》をかけると、ぼくは階段《かいだん》をあがっていった。

「おい、治《おさむ》くん、なにかあったのか？」

おじさんはビックリしたようすで、おばさんにたずねる。

「さあ？　急《きゅう》にどうしたのかしら？」

おばさんは、首《くび》をかしげた。

翌日《よくじつ》。学校《がっこう》が終《お》わると、ぼくは一目散《いちもくさん》に、前《まえ》に住《す》んでいた家《いえ》へとむかった。

門《もん》にかけこみ、カギをまわし、玄関《げんかん》のドアをあける。

「ただいま！」

ぼくがいきおいよく声《こえ》をかけると、玄関《げんかん》にふたつの影《かげ》があらわれた。

――父《とう》さんと母《かあ》さんだ。

父《とう》さんは、きのうと同《おな》じ白《しろ》いセーターを着《き》ている。

母《かあ》さんは、白《しろ》いブラウスにエプロン姿《すがた》だ。

（……よかった。やっぱり夢《ゆめ》じゃなかったんだ）

ぼくは、ホッと胸《むね》をなでおろした。

「おかえり」

父《とう》さんが、ぼくに言《い》う。

「手《て》を洗《あら》ってらっしゃい」

母《かあ》さんが、ぼくに声《こえ》をかけた。

「はい！」

ぼくは笑顔《えがお》で答《こた》え、洗面所《せんめんじょ》へと走《はし》っていく。


父《とう》さん、母《かあ》さんとテーブルをかこんだぼく。

チェック柄《がら》のクロスが敷《し》かれたテーブルの上《うえ》には、カレーライスが三皿《さら》ならんでいる。

世界中《せかいじゅう》でいちばんおいしい、母《かあ》さんの手作《てづく》りカレーだ。

「どうぞ」

「いただきまーす」

父《とう》さんと母《かあ》さんは、カレーを食《た》べはじめた。

食卓《しょくたく》の下《した》では、ポチもごはんを食《た》べている。

そんな中《なか》、ぼくは食《た》べることも忘《わす》れて、父《とう》さんと母《かあ》さんの顔《かお》を見《み》つめていた。

うれしくて、つい、顔《かお》がほころんでしまうぼくに、母《かあ》さんは言《い》う。

「いやあね。なに、ニヤニヤ見《み》てるのよ、さっきから」

「だって、みんないるんだもん。だから、とってもうれしいんだ」

ぼくは答《こた》え、それから言《い》った。

「もうどこにも行《い》かないでよ。ぼくをひとりにしないでよ」

「……！」

父《とう》さんと母《かあ》さんは、言葉《ことば》をつまらせたように見《み》えた。

一瞬《いっしゅん》の沈黙《ちんもく》のあと、ふたりはぼくに言《い》った。

「私《わたし》たちは、いつだって治《おさむ》といっしょよ」

「そうさ、治《おさむ》はひとりぼっちじゃない」

「ホント⁉」

ぼくは、さっきよりも笑顔《えがお》になった。

「本当《ほんとう》よ」

母《かあ》さんはうなずきながら答《こた》え、「さ、食《た》べなさい」と、ぼくをうながす。

「うん！」

幸《しあわ》せな気持《きも》ちでいっぱいになりながら、ぼくは夢中《むちゅう》でカレーをほおばった。

そんなぼくを見《み》て、父《とう》さんと母《かあ》さんは、うれしそうに顔《かお》を見《み》あわせる。

「写真撮《しゃしんと》ろうか、治《おさむ》」

そのとき、父《とう》さんがとつぜん、言《い》いだした。

「写真《しゃしん》？」

問《と》いかえすぼく。

「そうだ、写真《しゃしん》だ」

父《とう》さんはそう言《い》って、テーブルを離《はな》れていく。

「お母《かあ》さん、写真撮《しゃしんと》るぞ」

父《とう》さんにうながされた母《かあ》さんは、足《あし》もとのポチを抱《だ》きあげ、ソファへとむかう。

「ほら、治《おさむ》」

母《かあ》さんに呼《よ》ばれ、ぼくも立《た》ちあがると、ソファのほうへ歩《ある》いていった。

「あれ？」

ポチを抱《だ》いた母《かあ》さんと、ならんでソファに座《すわ》ったぼくは、目《め》の前《まえ》に立《た》っている父《とう》さんを見《み》て、首《くび》をかしげた。

父《とう》さんの手《て》には、なにもなかったのだ。

「お父《とう》さん、カメラは？」

「カメラはこれだ！」

父《とう》さんはそう言《い》って、両手《りょうて》の親指《おやゆび》と人《ひと》さし指《ゆび》をあわせ、四角《しかく》を作《つく》る。

「いいか、治《おさむ》。心《こころ》で撮《と》るんだ。この写真《しゃしん》をしっかり心《こころ》に焼《や》きつけておくんだぞ」

「どういうこと？」

ぼくはけげんに思《おも》いながら、父《とう》さんにたずねた。

すると、父《とう》さんは言《い》う。

「人間《にんげん》はな、いろんなものにサヨナラを言《い》わなければならないときがくるんだ。言《い》いたくなくても、言《い》わなきゃならないときがある。そりゃツライさ。だけどな、みんな、そうやって生《い》きていくんだ」

「わからないよ」

どうして、父《とう》さんがそんなことを言《い》いだしたのか、ぼくには、さっぱりわからない。

それに、わかりたくもなかった。

「いつかわかるときがくるさ」

父《とう》さんはそう言《い》って笑《わら》うだけで、それ以上《いじょう》はなにも言《い》わない。

ぼくは、言《い》いようのない不安《ふあん》を感《かん》じはじめた。

父《とう》さんは、見《み》えないカメラをむかい側《がわ》のソファの背《せ》もたれの上《うえ》に置《お》く。

そして、両手《りょうて》で作《つく》った四角《しかく》の中《なか》をのぞきこんで、ピントをあわせるようなしぐさをした。

「いいか？　お父《とう》さん、そこに入《はい》るからな」

「じゃあ、シャッター押《お》すぞ。三、二、一、はい」

見《み》えないセルフタイマーをセットし、シャッターを押《お》すしぐさをすると、お父《とう》さんはすばやくソファーのところにやってきて、ぼくのとなりに座《すわ》った。

不安《ふあん》げな表情《ひょうじょう》をうかべているぼくに、母《かあ》さんは言《い》う。

「笑《わら》わなきゃ、いい写真《しゃしん》が撮《と》れないわよ」

「だって、お父《とう》さん、笑《わら》えないこと言《い》うんだもん」

「いいから、ほら、スマイル、スマイル」

満面《まんめん》の笑《え》みをうかべた父《とう》さんを見《み》て、ぼくはつられて笑顔《えがお》になった。

「チーズ！」

声《こえ》をあわせた瞬間《しゅんかん》、見《み》えないカメラから、シャッターの切《き》れる音《おと》が、たしかに聞《き》こえたような気《き》がした。


そのときだった。

家《いえ》の外《そと》で、門《もん》のあく音《おと》が聞《き》こえてきたのだった。

つづいて、数人《すうにん》の足音《あしおと》と、ガチャガチャと玄関《げんかん》のカギをあける音《おと》。

「…………？」

リビングのソファに座《すわ》っていたぼくと父《とう》さんと母《かあ》さんは、たがいに顔《かお》を見《み》あわせ、首《くび》をかしげた。

「なんだろう？　ぼく、見《み》てくる」

ぼくはソファから立《た》ちあがると、リビングを出《で》て、玄関《げんかん》へとむかった。

「ささ、どうぞ、どうぞ、どうぞ」

玄関《げんかん》には、頭《あたま》のハゲかかった見知《みし》らぬおじさんがいた。

おじさんは、見知《みし》らぬ家族連《かぞくづ》れを「どうぞ、どうぞ」と、家《いえ》にまねき入《い》れている。

家族連《かぞくづ》れは、父親《ちちおや》とおぼしき男《おとこ》の人《ひと》と、母親《ははおや》とおぼしき女《おんな》の人《ひと》、そして、ぼくと同《おな》じ年《とし》くらいの女《おんな》の子《こ》だった。

(勝手《かって》に人《ひと》の家《いえ》に入《はい》ってきて、なんなんだろう？　この人《ひと》たち……)

ぼくは、おじさんと家族連《かぞくづ》れをにらみつけた。

すると、ぼくの姿《すがた》に気《き》づいたおじさんが、けわしい顔《かお》で言《い》う。

「ん？　なにやってんだ、こんなところで。だまって入《はい》っちゃダメじゃないか！」

(えっ？　だって、ここはぼくの家《いえ》で……)

出《で》かかった言葉《ことば》を、ぼくは飲《の》みこむ。

「やや、どうもすいませんねえ」

おじさんは家族連《かぞくづ》れにむき直《なお》ると、愛想《あいそう》のいい笑顔《えがお》をうかべながら、言《い》った。

「この家《いえ》はですね、ウチでいちばんのおススメの物件《ぶっけん》でして……」

そして、家族連《かぞくづ》れを案内《あんない》しながら、キッチンの中《なか》へと入《はい》っていく。

おじさんは、どうやら不動産会社《ふどうさんがいしゃ》の人《ひと》のようだ。

「こちらは、キッチンです。いかがですか？　かなりゆったりとしてますでしょ？」

「いいおうちですねー。キッチンも広々《ひろびろ》として使《つか》いやすそうだわ」

聞《き》こえてきた声《こえ》に、ぼくはハッとこおりついた。

「大変《たいへん》だ！　ウチが売《う》られちゃうよ！」

父《とう》さんと母《かあ》さんにこのことを知《し》らせようと、ぼくは、あわててリビングへと引《ひ》きかえした。

「……えっ？」

リビングの中《なか》を見《み》わたして、ぼくはがくぜんとなる。

そこにはもう、父《とう》さんの姿《すがた》も、母《かあ》さんの姿《すがた》もなかった。

ポチの姿《すがた》も、さっきまでみんなで食《た》べていたカレーの跡《あと》もなくなっている。

「…………」

ぼくは、ぼうぜんとなって立《た》ちつくした。

そこへ、不動産屋《ふどうさんや》のおじさんに案内《あんない》されて、家族連《かぞくづ》れがやってくる。

「あら、リビングもステキじゃない？」

「へえ、庭《にわ》もあるんだ」

「ねえ、決《き》めましょうよ、ここに」

「そうだな」

部屋《へや》の中《なか》を見《み》てまわりながら、家族連《かぞくづ》れは、なごやかな笑顔《えがお》でうなずきあっている。

（そんな……！）

ぼくは、がくぜんとなった。

（ここはぼくの家《いえ》で、お父《とう》さんも、お母《かあ》さんも、ポチも、みんないるのに……）

そのとき、ぼくの目《め》の前《まえ》に、ランドセルが突《つ》きだされる。

リビングに置《お》いてあったぼくのランドセルを、不動産屋《ふどうさんや》のおじさんが持《も》ってきたのだ。

「ほら、もうイタズラするんじゃないぞ」

ぼくにランドセルをわたすと、おじさんは迷惑《めいわく》そうな顔《かお》で言《い》う。

「イタズラ？」

ぼくは、言《い》いかえした。

心《こころ》の中《なか》には、今《いま》にも破裂《はれつ》しそうな思《おも》いがうずまいている。

「ここは、ぼくんちだ！」

ぼくははきすてると、家《いえ》をとびだしていった。


家《いえ》が売《う》れたのを知《し》ったのは、それから数日後《すうじつご》の午後《ごご》のことだった。

「処分《しょぶん》する？」

「ええ……」

由美《ゆみ》おばさんによると、家《いえ》の中《なか》の家具《かぐ》などは、すべて粗大《そだい》ゴミとして捨《す》てられるという。

「しかたないの。ウチじゃせまいし、置《お》き場所《ばしょ》がないんだから」

「……」

ぼくは、ワナワナとこぶしをにぎりしめた。

「待《ま》ちなさい！　どこ行《い》くの!?」

おばさんの制止《せいし》をふりきって、ぼくは稔《みのる》くんの家《いえ》をとびだしていく。

自転車《じてんしゃ》にとび乗《の》ったぼくは、以前《いぜん》住《す》んでいた家《いえ》を目指《めざ》し、全速力《ぜんそくりょく》で走《はし》った。

商店街《しょうてんがい》をぬけ、橋《はし》をわたり、必死《ひっし》でペダルをこぐ。

坂道《さかみち》にさしかかったが、ぼくは自転車《じてんしゃ》をおりなかった。

重《おも》いペダルをふみしめ、歯《は》をくいしばりながら、懸命《けんめい》にこぎつづける。

家《いえ》を売《う》られ、おまけに家具《かぐ》まで捨《す》てられてしまったら、ぼくはもう、父《とう》さんと母《かあ》さんに会《あ》えなくなってしまうような気《き》がしたから……。

父《とう》さんと、母《かあ》さんと、みんなで暮《く》らした日々《ひび》が、全部消《ぜんぶき》えてしまうような気《き》がしたから……。


息《いき》を切《き》らしながら、家《いえ》の前《まえ》にたどり着《つ》く。

玄関先《げんかんさき》には、すでにトラックが横《よこ》づけされ、数人《すうにん》の作業員《さぎょういん》が家具《かぐ》を運《はこ》びだしていた。

トラックの上《うえ》、無造作《むぞうさ》に積《つ》みあげられたテーブルやイスを見《み》て、ぼくはいてもたってもいられない気持《きも》ちになる。

その場《ば》に自転車《じてんしゃ》をとめると、ぼくは家《いえ》の中《なか》にとびこんだ。

リビングの前《まえ》にやってきたぼくは、がらんとなった室内《しつない》を見《み》て、ショックを受《う》ける。

カーテンがなくなった部屋《へや》の窓《まど》からは、まぶしい光《ひかり》がさしこんでいた。

たったひとつ残《のこ》ったソファを、作業員《さぎょういん》たちが「よっこらしょ」と言《い》いながら、ふたりがかりで持《も》ちあげている。

それは、ぼくが父《とう》さんや母《かあ》さんやポチとならんで写真《しゃしん》を撮《と》った、あのソファだった。

「よーし、これで最後《さいご》だな」

ソファをかついだ作業員《さぎょういん》たちが、ぼくの目《め》の前《まえ》を通《とお》りすぎた。

「なんだよ！　最後《さいご》って！」

ぼくは思《おも》わず、作業員《さぎょういん》たちにむかってさけぶ。

すべての家具《かぐ》が運《はこ》びだされたリビングには、もうなにも残《のこ》っていなかった。

やり場《ば》のない怒《いか》りが、ぼくの中《なか》にこみあげてきた。

「待《ま》って！」

ぼくはさけんで、家《いえ》からとびだした。

見《み》ると、玄関前《げんかんまえ》に横《よこ》づけされていたトラックが消《き》えている。

すべての家具《かぐ》を積《つ》み終《お》えたトラックは、今《いま》まさに走《はし》りだしたところだった。

「待《ま》ってよう！」

あわてて自転車《じてんしゃ》にとび乗《の》り、トラックのあとを追《お》いかける。

「捨《す》てるな！　捨《す》てないでよ！」

大声《おおごえ》でさけんでみたが、トラックは止《と》まるどころか、スピードをあげていった。

ぼくは離《はな》されまいと、必死《ひっし》でペダルをふむ。


坂道《さかみち》で加速《かそく》がつき、自転車《じてんしゃ》はグングンスピードをあげた。

トラックの荷台《にだい》が、目《め》の前《まえ》にせまる。

荷台《にだい》の上《うえ》では、父《とう》さんのゴルフバッグがゆれていた。

母《かあ》さんの掃除機《そうじき》もゆれている。

それを見《み》て、ぼくは思《おも》わずさけんだ。

「お父《とう》さん！　お母《かあ》さん！」

すると、父《とう》さんと母《かあ》さんが家具《かぐ》の間《あいだ》からあらわれた。

「きちゃダメだ、治《おさむ》！　ついてきちゃダメだッ！」

父《とう》さんは、ぼくにむかって、必死《ひっし》でさけんでいる。

「どうして⁉　どうしてついていっちゃいけないの⁉」

ぼくの目《め》からは、涙《なみだ》があふれてきた。

「ひとりにしないでって言《い》ったじゃないか！」

「治《おさむ》……」

悲《かな》しげな顔《かお》でぼくを見返《みかえ》す父《とう》さんと母《かあ》さん。

涙《なみだ》でにじんでよくは見《み》えなかったが、父《とう》さんと母《かあ》さんも泣《な》いているようだった。

ぼくは、ハッとなる。

一瞬《いっしゅん》、ペダルをこぐ足《あし》が止《と》まった。

（お父《とう》さん……お母《かあ》さん……）

次《つぎ》の瞬間《しゅんかん》、トラックは大《おお》きく距離《きょり》を引《ひ》き離《はな》し、ぼくの前《まえ》から遠《とお》ざかる。

下《くだ》りの坂道《さかみち》が終《お》わったのだ。

ぼくはあわてて、またペダルをふみはじめた。

「いやだ！　いやだあ!!」

「治《おさむ》！」

「行《い》かないで！　お父《とう》さん！　お母《かあ》さん！」

泣《な》きながら、さけびながら、ぼくはトラックを追《お》いかけた。

荷台《にだい》にいる父《とう》さんと母《かあ》さんの姿《すがた》は、もう見《み》えないくらい小《ちい》さくなっていたが、それでも必死《ひっし》で自転車《じてんしゃ》をこぎ、追《お》いつづけた。


気《き》がつくと、交差点《こうさてん》にさしかかっていた。

トラックの影《かげ》は、ぼくのはるか前方《ぜんぽう》に小《ちい》さく見《み》えている。

（このままじゃ、見失《みうしな》っちゃう……）

信号《しんごう》が点滅《てんめつ》し、赤《あか》に変《か》わろうとしていたが、ぼくはそのまま、横断歩道《おうだんほどう》を突《つ》っきっていこうとした。

そのとき、右折《うせつ》してきた乗用車《じょうようしゃ》が、スピードをあげたまま、ぼくにむかって突進《とっしん》してきた。

「!?」

気《き》がついたときは、もう遅《おそ》かった。

耳《みみ》をつんざくようなブレーキの音《おと》。

激《はげ》しい衝突《しょうとつ》が起《お》きる。

その瞬間《しゅんかん》、ぼくの体《からだ》は自転車《じてんしゃ》を離《はな》れ、とばされていた。

地面《じめん》にたたきつけられたとき、激《はげ》しい痛《いた》みがおそった。

視界《しかい》の片隅《かたすみ》に見《み》えたものは、くしゃくしゃに変形《へんけい》して、ころがっている自転車《じてんしゃ》。

意識《いしき》が急速《きゅうそく》に遠《とお》のいていき、そこから先《さき》は、もうなにも覚《おぼ》えていない。

うすれていく意識《いしき》の中《なか》で、ぼくはかすかに、救急車《きゅうきゅうしゃ》のサイレンの音《おと》を聞《き》いたような気《き》がした。

病院《びょういん》の手術室《しゅじゅつしつ》。

お医者《いしゃ》さんたちは懸命《けんめい》に、ぼくに治療《ちりょう》をほどこしていた。

「87の45！　先生《せんせい》、血圧《けつあつ》がさがってます！」

「昇圧剤《しょうあつざい》を打《う》ちます！　昇圧剤《しょうあつざい》！」

「はい！」

ぼくは、死線《しせん》をさまよっていた。

心電図《しんでんず》の脈拍《みゃくはく》を示《しめ》すグラフが、今《いま》にも止《と》まりそうに弱々《よわよわ》しく波打《なみう》っている。

「先生《せんせい》、脈拍《みゃくはく》が！」

「危《あぶ》ないな……」

もう助《たす》からないと、そのとき、その場《ば》にいた誰《だれ》もが思《おも》った。


「治《おさむ》……」

「治《おさむ》……」

意識《いしき》を失《うしな》ったまま、横《よこ》たわっているぼくに、そのとき、ふたつの声《こえ》が優《やさ》しく呼《よ》びかけてきた。

気《き》がつくと、ぼくのかたわらに、父《とう》さんと母《かあ》さんが立《た》っている。

（お父《とう》さん……お母《かあ》さん……）

ぼくは目《め》をつぶったままだったけど、ふたりの姿《すがた》がハッキリと見《み》えた。

「治《おさむ》、死《し》んじゃダメだ……生《い》きなきゃダメだ……」

父《とう》さんが真剣《しんけん》な顔《かお》で、ぼくに言《い》う。

「私《わたし》たちは、いつだって、治《おさむ》といっしょよ」

母《かあ》さんは優《やさ》しい顔《かお》で、ぼくに言《い》った。

「そうだ。いつだって、おまえといっしょだ。ほら……」

父《とう》さんはそう言《い》って、ぼくの手《て》に一枚《まい》のスナップ写真《しゃしん》をにぎらせる。

それは、あの、見《み》えないカメラで撮《と》った写真《しゃしん》だった。


ポチを抱《だ》いた母《かあ》さん。

まんなかにぼくがいる。

そして、ぼくのとなりには、父《とう》さん。

写真《しゃしん》の中《なか》のぼくたちは、みんな、とびっきりの笑顔《えがお》だった。

(ひとりじゃない……)

写真《しゃしん》を見《み》つめながら、ぼくは心《こころ》の中《なか》でつぶやく。

すると、父《とう》さんはうなずきながら、ぼくに言《い》った。

「そうだ。私《わたし》たちは、治《おさむ》の心《こころ》の中《なか》にいる。だから、治《おさむ》はひとりじゃないんだ」

(みんな、心《こころ》の中《なか》で生《い》きているんだね)

ぼくが言《い》うと、母《かあ》さんも目《め》を細《ほそ》めながら、うなずいた。

「ええ、そのとおりよ、治《おさむ》。だから、笑顔《えがお》を忘《わす》れないでね」

(うん。ぼく、忘《わす》れない。お父《とう》さんとお母《かあ》さんがいつもいっしょだから、いつも笑《わら》っていられるよ)

ぼくは答《こた》えた。

父《とう》さんと母《かあ》さんは顔《かお》を見《み》あわせ、安心《あんしん》したようにほほえみを交《か》わしあう。

それからふたりは、ぼくのそばから離《はな》れていった。

その直後《ちょくご》だった。

心電図《しんでんず》の脈拍《みゃくはく》を示《しめ》すグラフが、とつぜん大《おお》きく波打《なみう》ちはじめた。

「先生《せんせい》、蘇生《そせい》しました！」

お医者《いしゃ》さんのひとりが、興奮《こうふん》した声《こえ》でさけぶ。

「奇跡《きせき》だ！」

死《し》のふちからよみがえったぼくを見《み》て、お医者《いしゃ》さんたちは、みんな、目《め》をみはった。

「幸《しあわ》せそうな笑顔《えがお》ですねえ……」

「楽《たの》しい夢《ゆめ》でも見《み》ているんでしょうか？」

手術台《しゅじゅつだい》に横《よこ》たわったぼくを見《み》つめながら、お医者《いしゃ》さんたちはささやきあう。

このとき、ぼくの耳《みみ》には、明《あか》るい歌声《うたごえ》が響《ひび》いていた。

歌《うた》っている父《とう》さん。

歌《うた》っている母《かあ》さん。

ふたりの歌声《うたごえ》にあわせて、ぼくもいっしょに歌《うた》っている。
手《て》の中《なか》にあるのは、家族《かぞく》が写《うつ》ったスナップ写真《しゃしん》。
それは、父《とう》さん、母《かあ》さんが、奇跡《きせき》の力《ちから》でぼくにくれたプレゼントだった。
写真《しゃしん》の中《なか》で、ぼくたち家族《かぞく》は、みんな生《い》きている。
そして、幸《しあわ》せそうに笑《わら》っている。
この笑顔《えがお》を心《こころ》に焼《や》きつけていよう。
いつまでも、ずっと……。

おわり

# 噂《うわさ》のマキオ

脚《きゃく》本《ほん》◆戸《と》田《だ》山《やま》雅《まさ》司《し》

人《ひと》は、さまざまなウワサを口《くち》にする。

住宅街《じゅうたくがい》の公園《こうえん》では、学校帰《がっこうがえ》りの小学生《しょうがくせい》たちが、こんなウワサをしている。

「ねえねえ、人面犬《じんめんけん》って知《し》ってる？」

「うん、知《し》ってる。アニメに出《で》てくる妖怪《ようかい》だろ？」

「お父《とう》さんが子《こ》どものころにも、流行《はや》ったんだってさ。ホンモノの人面犬《じんめんけん》を見《み》たって人《ひと》がクラスにいたらしいよ」

「へえ！」

公園《こうえん》の前《まえ》のアイスクリーム屋《や》さん。

アイスクリームを食《た》べながら、ウワサしあっている女子高校生《じょしこうこうせい》たちがいる。

「あのライブCD《シーディー》に声《こえ》が入《はい》ってるんだって」

「うっそーぉ！」

「コンサートに行《い》けなくて、死《し》んじゃったファンの声《こえ》らしいよ」

大通《おおどお》り沿《ぞ》いのオフィスビル。

三階《かい》にある給湯室《きゅうとうしつ》では、OL《オーエル》たちがお茶《ちゃ》をくみながら、ウワサ話《ばなし》に花《はな》を咲《さ》かせている。

「庶務課《しょむか》のエリコ、この前《まえ》、合《ごう》コンで知《し》りあったふたりと付《つ》き合《あ》ってるんだってさ」

「えっ、フタマタ？」

「だって、あのコ、課長《かちょう》と付《つ》き合《あ》っててんじゃないの？」

「えー？　じゃあ、ミツマタよ、それー！」

大通《おおどお》りを曲《ま》がった路地裏《ろじうら》の商店街《しょうてんがい》。

買《か》い物袋《ものぶくろ》を手《て》にした主婦《しゅふ》たちが、ウワサをしている。

「ねえ、聞《き》いた？　あのストアの手作《てづく》りハンバーグ、指《ゆび》が入《はい》ってたんですってよぉ」

「また？　あそこよくあるのよねぇ」

繁華街《はんかがい》の交差点《こうさてん》では、若者《わかもの》たちが信号待《しんごうま》ちをしながら、ウワサ話《ばなし》をしている。

「耳《みみ》かじり女《おんな》？　なにそれ？　都市伝説《としでんせつ》？」

「ピアスをしてると、耳《みみ》にかじりついてくるんだってさ」

「昔《むかし》、口裂《くちさ》け女《おんな》ってのもいたけどなぁ」


夜《よる》の繁華街《はんかがい》。

居酒屋《いざかや》で、会社帰《かいしゃがえ》りのサラリーマンたちが、ビール片手《かたて》にウワサしあっている。

「人面犬《じんめんけん》が、小学生《しょうがくせい》の間《あいだ》でまた流行《はや》ってるみたいだね」

「アニメの影響《えいきょう》だろ？」

「あれさ、交通事故《こうつうじこ》で死《し》んだ霊《れい》が犬《いぬ》にとりついたって話《はなし》だったよな？」

「いや、最近《さいきん》の人面犬《じんめんけん》は、リストラされて自殺《じさつ》した会社員《かいしゃいん》の霊《れい》ってことになっているらしい」

「身《み》につまされる話《はなし》だね」

「時代《じだい》を感《かん》じるなぁ……」

ウワサを語《かた》る口《くち》、口《くち》、口《くち》――


「ねえねえ、知《し》ってる？　人面犬《じんめんけん》ってさぁ……」

「聞《き》いた聞《き》いた？　あのね、きのうラジオでね」

「ネットで見《み》たんだけど……」

「あのふたり、結婚《けっこん》するんだってさ」

「このウワサ、流行《はや》ってるんだぜぇ」

「ウワサなんだけどね」

「そこへ行《い》くと呪《のろ》われるらしいよ」

「夜中《よなか》の三時《じ》ごろに出《で》るんだって」

「もう、評判《ひょうばん》。みんな言《い》ってるよ」

人《ひと》から人《ひと》へ伝《つた》わるうちに、ウワサには、どんどん尾《お》ひれがついていく。

「そのお店《みせ》では、結局《けっきょく》、誰《だれ》も買《か》わなくなっちゃったんだって」

「つぶれちゃったらしいの」

「夜逃《よに》げしたそうです」

「ねえねえ」

「知《し》ってる？」

ウワサを口《くち》にする人《ひと》は、そのウワサが本当《ほんとう》かどうか、誰《だれ》が言《い》いだしたか、なんて全然《ぜんぜん》気《き》にしない。

ウワサはしょせん、ただのウワサだから……。

この物語《ものがたり》の主人公《しゅじんこう》、山崎奈津子《やまざきなつこ》もそんなふうに考《かんが》えているひとりだった。

あの、奇妙《きみょう》なできごとに出会《であ》うまでは——。

けだるい午後《ごご》。

中学校《ちゅうがっこう》の教室《きょうしつ》で、奈津子《なつこ》は、眠気《ねむけ》をこらえていた。

教壇《きょうだん》では、生徒《せいと》たちから「メガネブタ」というあだ名《な》で呼《よ》ばれている男《おとこ》の先生《せんせい》が、黒板《こくばん》に書《か》かれた英文《えいぶん》を読《よ》んでいる。

メガネブタの発音《はつおん》は、みごとなまでに抑揚《よくよう》のない、ジャパニーズ・イングリッシュだ。

（こんな英語《えいご》、外国人《がいこくじん》に通《つう》じるのかなぁ？）

そんなことを思《おも》いながら、あたりを見《み》まわすと、まじめに授業《じゅぎょう》を聞《き》いている生徒《せいと》は、ほとんどいない。

奈津子《なつこ》の三《みっ》つうしろの席《せき》では、友人《ゆうじん》の恵美《めぐみ》が机《つくえ》の上《うえ》に立《た》てた教科書《きょうかしょ》のかげで、メモ用紙《ようし》に、なにやら絵《え》のようなものを描《か》いている。

描《か》き終《お》えると、恵美《めぐみ》はそれを小《ちい》さく折《お》りたたみ、机《つくえ》の下《した》からそっと、となりの席《せき》に座《すわ》っている女生徒《じょせいと》にわたした。

メモをひらいた女生徒《じょせいと》は、くすくすと、しのび笑《わら》いをもらす。

そこに描《えが》かれていたのは、メガネブタそっくりの顔《かお》をした人面犬《じんめんけん》だったのだ。

恵美《めぐみ》の描《か》いた絵《え》は、数人《すうにん》の女生徒《じょせいと》の間《あいだ》でまわされ、しのび笑《わら》いの輪《わ》が広《ひろ》がっていく。

(恵美《めぐみ》ったら、また変《へん》なウワサ、まわしてるな)

恵美《めぐみ》は、クラスでいちばんウワサ好《ず》きな女《おんな》の子《こ》。

小学生《しょうがくせい》がするようなウワサ話《ばなし》を、いつも友《とも》だちとしていた。

「ねえねえ、知《し》ってる知《し》ってる?」

その日《ひ》も恵美《めぐみ》は、メモをまわすだけではあきたらなくなり、となりの席《せき》の女生徒《じょせいと》とウワサ話《ばなし》をはじめた。

「ウチの中学《ちゅうがく》にもきたんだって」

「なにが?」

「人面犬《じんめんけん》よ、人面犬《じんめんけん》」

「うっそー、どこにぃ?」

そう言《い》ってふりかえったのは、恵美《めぐみ》の前《まえ》に座《すわ》っていた、かおるである。

かおるも、この手《て》のウワサが大好《だいす》きだった。

「裏門《うらもん》のわきのゴミ捨《す》て場《ば》にいたらしいの」

「あー、あそこかぁ」

「用務員《ようむいん》のオジサンがゴミを捨《す》ててるときに、犬《いぬ》がいたから追《お》っぱらおうとしたんだって。そしたら……」

「そしたら？」

「クルッとふりかえって『オレの勝手《かって》だろ』って言《い》ったんだってよぉー」

「こわーい」

「人面犬《じんめんけん》って、130キロで走《はし》るんでしょ？」

「かまれたら、顔《かお》が犬《いぬ》になっちゃうんだよね？」

「そうそう、それでね……」

授業中《じゅぎょうちゅう》であるにもかかわらず、ウワサ話《ばなし》で盛《も》りあがっている三人《にん》を、奈津子《なつこ》はチラリとふりかえって、ため息《いき》をついた。

（まったく、恵美《めぐみ》たちときたら……あれじゃ、うちの弟《おとうと》といっしょじゃない）

奈津子《なつこ》には、信之《のぶゆき》という小学《しょうがく》四年生《ねんせい》になる弟《おとうと》がいたが、やはりこの手《て》のウワサ話《ばなし》が大好《だいす》きで、友《とも》だちといつも、そんな話《はなし》で盛《も》りあがっていたのだ。

しかし、小学生《しょうがくせい》ならともかく、中学生《ちゅうがくせい》にもなって人面犬《じんめんけん》はどうかと、奈津子《なつこ》は思《おも》った。

そのとき、終業《しゅうぎょう》のチャイムが鳴《な》る。

「みんな、わかったかな？　じゃあ、あとはしっかりと復習《ふくしゅう》しておくように」

メガネブタは言《い》いのこし、教室《きょうしつ》をあとにした。

午後《ごご》の退屈《たいくつ》な授業《じゅぎょう》から解放《かいほう》された生徒《せいと》たちの目《め》は、生《い》き生《い》きとかがやきだす。

そんななか、奈津子《なつこ》は淡々《たんたん》と机《つくえ》の中《なか》のものをカバンに入《い》れ、帰《かえ》りじたくをはじめた。

奈津子《なつこ》は、友人《ゆうじん》の恵美《めぐみ》やかおると昇降口《しょうこうぐち》を出《で》た。

「じゃあね」

「またあしたー」

部活《ぶかつ》にむかうクラスメートに手《て》をふって、奈津子《なつこ》たち三人《にん》は、正門《せいもん》へとつづく階段《かいだん》をおりていく。

正門《せいもん》を出《で》ると、三人《にん》は並《なら》んで、桜並木《さくらなみき》の歩道《ほどう》を歩《ある》きはじめた。

「ねえ、あれ聞《き》いた？」

「なになに？」

「体育館《たいいくかん》のトイレに、ハナコいるんだって」

「ひゃー、うっそー」

恵美《めぐみ》とかおるは、またしても、小学生《しょうがくせい》がするようなウワサ話《ばなし》を口《くち》にしあっている。

「なんだ、またウワサ？」

奈津子《なつこ》は、うんざりした顔《かお》でふたりを見《み》た。

「本当《ほんとう》なんだから。奥《おく》から三番目《ばんめ》のドアがいっつも閉《し》まってて……」

「あんたたち、いいかげんに卒業《そつぎょう》しなさいよ。そんなデタラメなウワサなんか」

奈津子《なつこ》は、あきれたように言《い》った。

「デタラメじゃないって……ねー？」

恵美《めぐみ》とかおるは、うなずきあう。

「バカバカしい。そういうウワサってさ、誰《だれ》かが作《つく》って、ワザと流《なが》してるんでしょ？」

「ちがう、ちがう、本当《ほんとう》なんだってば」

恵美《めぐみ》が言《い》うと、かおるも奈津子《なつこ》を横目《よこめ》で見《み》ながら、言《い》いかえした。

「奈津子《なつこ》って、夢《ゆめ》がないのよね。現実的《げんじつてき》っていうか」

「そうそう。……でね、これはマジな話《はなし》なんだけど、そのトイレでね、見《み》たんだって。ハナコが入《はい》っていくとこ……」

恵美《めぐみ》はウワサ話《ばなし》のつづきを、かおるに語《かた》りはじめる。

奈津子《なつこ》はそれ以上《いじょう》、なにを言《い》ってもムダだとさとり、だまってふたりの横《よこ》を歩《ある》いた。


しばらく行《い》くと、公園《こうえん》が見《み》えてきた。

その公園《こうえん》は、大《おお》きなキリンの像《ぞう》があることから、「キリン公園《こうえん》」と呼《よ》ばれている。

門《もん》の前《まえ》には、数人《すうにん》の小学生《しょうがくせい》たちがたむろしていた。

「ねえ、見《み》て！」

かおるが、門《もん》にはられた張《は》り紙《がみ》を指《ゆび》さす。

「ウソ!?　人面犬《じんめんけん》!?」

張《は》り紙《がみ》には、人面犬《じんめんけん》の絵《え》がエンピツで大《おお》きく描《えが》かれていた。

「ほんとだよー。うちのお兄《にい》ちゃんが見《み》たんだってば！」

ひとりの男《おとこ》の子《こ》が張《は》り紙《がみ》をさしながら、力説《りきせつ》している。

すると、まわりにいた小学生《しょうがくせい》たちは、いっせいに、その子《こ》につめよった。

「ウッソでー！」

「だったら証拠《しょうこ》見《み》せろよ」

「そうだよ。緑《みどり》のウンチ持《も》ってこいよ」

そんななか、ひとりだけ、興味津々《きょうみしんしん》のようすを見《み》せている男《おとこ》の子《こ》がいる。

奈津子《なつこ》の弟《おとうと》の信之《のぶゆき》だった。

奈津子《なつこ》は顔《かお》をしかめたが、信之《のぶゆき》は気《き》づかず、夢中《むちゅう》で張《は》り紙《がみ》をした男《おとこ》の子《こ》にたずねていた。

(信之《のぶゆき》ったら、またこんなところで……)

「どこどこ？　ねえ、どこで見《み》たの？」

「公園《こうえん》の中《なか》のキリンの像《ぞう》の近《ちか》く」

「ねね、どんな顔《かお》だった？」

「シワが多《おお》かったって。お兄《にい》ちゃんが通《とお》りかかったら、『なんだ、人間《にんげん》か』って、ふりむいたらしいよ」

「ウソつけ」

「見《み》たら、死《し》んじゃうはずだろ」

ほかの小学生《しょうがくせい》たちは、すかさずツッコミを入《い》れる。

「人面犬《じんめんけん》は、見《み》ても死《し》なないんだ。かまれたら、顔《かお》が犬《いぬ》になるんだよ」

「えっ、ほんとにぃ!?」

興奮《こうふん》する信之《のぶゆき》。

そこへ、「信之《のぶゆき》!」と言《い》いながら、奈津子《なつこ》が近《ちか》づいてきた。

「あっ」

奈津子《なつこ》の顔《かお》を見《み》て、信之《のぶゆき》はあわてる。

「また、こんなところでみちくさ食《く》って……もう塾《じゅく》がはじまる時間《じかん》でしょ?」

「いっけねえ!」

おどけたしぐさで頭《あたま》をかく信之《のぶゆき》に、小学生《しょうがくせい》たちはドッと笑《わら》う。

恵美《めぐみ》やかおるも、つられて笑《わら》いだした。

奈津子《なつこ》はムッとなり、さらに小言《こごと》を言《い》った。

「いけねえじゃないわよ。遅刻《ちこく》して怒《おこ》られても知《し》らないからね」

信之《のぶゆき》はあわてて、その場《ば》に置《お》きっぱなしにしていたカバンを拾《ひろ》いあげた。

「じゃあね」

仲間《なかま》たちに言《い》いのこし、かけだしていく信之《のぶゆき》。

奈津子《なつこ》はその姿《すがた》を、「やれやれ」といった表情《ひょうじょう》で見送《みおく》る。

そのとき、公園《こうえん》の中《なか》を一匹《いっぴき》の犬《いぬ》が通《とお》りかかった。

「あっ、人面犬《じんめんけん》かもしれない！」

小学生《しょうがくせい》たちはいっせいに、犬《いぬ》を追《お》いかけていく。

「グルル……ワンワン！」

「うわああ！」

犬《いぬ》にほえられ、あわてて引《ひ》きかえしてくる小学生《しょうがくせい》たちを見《み》て、奈津子《なつこ》たちは笑《わら》いころげた。

奈津子《なつこ》の家《いえ》は、住宅街《じゅうたくがい》にある二階建《かいだ》ての一軒家《いっけんや》だった。

「ただいまぁー」

帰宅《きたく》した奈津子《なつこ》は、玄関《げんかん》でクツをぬぐと、すぐに階段《かいだん》をあがっていこうとした。

そこへ、たたんだ洗《せん》たく物《もの》を手《て》にしたお母《かあ》さんが、リビングから出《で》てくる。

「なっちゃん、上《うえ》行《い》くついでに、これ、信之《のぶゆき》の部屋《へや》へ持《も》ってってくれない？」

お母《かあ》さんは、洗《せん》たく物《もの》を奈津子《なつこ》にわたす。

「もう、自分《じぶん》でやってよね」

奈津子《なつこ》はブツクサ言《い》いながらも、洗《せん》たく物《もの》を手《て》に、二階《かい》へとあがって行《い》った。

階段《かいだん》をあがると、廊下《ろうか》をはさんだ奈津子《なつこ》の部屋《へや》のむかいに、信之《のぶゆき》の部屋《へや》がある。

部屋《へや》へ足《あし》をふみ入《い》れるなり、奈津子《なつこ》は唖然《あぜん》となった。

「きたない部屋《へや》だなぁ、もう！」

床《ゆか》の上《うえ》にはゲームのディスクや攻略本《こうりゃくぼん》、マンガやDVD《ディーブイディー》などが散乱《さんらん》していて、足《あし》のふみ場《ば》もない。

机《つくえ》の横《よこ》のたなの上《うえ》にはゲーム機《き》と、それにつながった液晶《えきしょう》テレビが置《お》かれていたが、やりかけのゲームの画像《がぞう》が映《うつ》されたままだった。

「まーた、つけっぱなしなんだから……」

洗《せん》たく物《もの》をベッドの上《うえ》に置《お》き、散乱《さんらん》した物《もの》の間《あいだ》をぬうようにしながら、テレビに近《ちか》づく奈《な》津《つ》子《こ》。

「よいしょっと！」

手《て》をのばして、テレビの電源《でんげん》を切《き》る。

そのままうしろ歩《ある》きでもどろうとしたとき、なにかをふみそうになり、奈《な》津《つ》子《こ》はあわてでとびのいた。

「あちゃ、なにこれ？」

足《あし》もとにころがっていたのは、「ウワサ」というラベルがはられたUSB《ユーエスビー》メモリだった。

「……ウワサ？」

USB《ユーエスビー》メモリを拾《ひろ》いあげ、奈《な》津《つ》子《こ》はつぶやく。

（なんだろう？　ウワサって……）

奈《な》津《つ》子《こ》は、机《つくえ》の上《うえ》に置《お》かれた信之《のぶゆき》のパソコンを、チラリと見《み》た。

好奇心《こうきしん》にかられた奈津子《なつこ》は、机《つくえ》の前《まえ》に座《すわ》ると、手《て》にしたUSB《ユーエスビー》メモリをさしこみ、パソコンを立《た》ちあげる。

データを呼《よ》びだすと、「ウワサ／20XX」というタイトルが書《か》かれた画面《がめん》になった。

マウスを動《うご》かし、スクロールする。

すると、項目別《こうもくべつ》にウワサが書《か》かれた画面《がめん》があらわれた。

「へえ。あいつ、こんなことしてるんだ……」

ウワサはどれも、いかにも信之《のぶゆき》が好《す》きそうな都市伝説《としでんせつ》めいたものばかりだった。

「なになに？　ひきこさん？」


【ひきこさん】

『目《め》と口《くち》が裂《さ》け、細長《ほそなが》い手足《てあし》を持《も》った怪人《かいじん》。雨《あめ》の日《ひ》にカサをさしてあらわれる』

『小学生《しょうがくせい》に異常《いじょう》な憎《にく》しみを抱《いだ》いており、見《み》つけると、カニ走《ばし》りで追《お》いかけてくる』

「カニ走《ばし》りで追《お》いかけてくるって……きゃははっ！　なにこれー？」

思《おも》わず、ふきだしてしまった奈津子《なつこ》。
面白《おもしろ》くなって、マウスを動《うご》かしながら、つづきを読《よ》み進《すす》めた。

【人面犬《じんめんけん》】
『人面犬《じんめんけん》の足《あし》あとが西東小《さいとうしょう》の花《か》だんに残《のこ》っていたらしい』
『六メートルのジャンプをして逃《に》げた』
『人面犬《じんめんけん》にかまれると、顔《かお》が犬《いぬ》になる』

【さとるくん】
『公衆電話《こうしゅうでんわ》から自分《じぶん》のケータイに電話《でんわ》をかけると、さとるくんという人物《じんぶつ》につながる』
『さとるくんは、未来《みらい》に起《お》こることの質問《しつもん》に、なんでも答《こた》えてくれる』

【その他《た》】
『午前《ごぜん》0時《じ》ジャストに鏡《かがみ》をのぞくと、自分《じぶん》の死《し》に顔《がお》が見《み》える』

『ピアスをした人《ひと》の耳《みみ》にかじりつく女《おんな》がいる』

『テレビの砂嵐《すなあらし》を30分《ぷん》見《み》ると死《し》ぬ』


【人面犬《じんめんけん》2】

『東名高速《とうめいこうそく》を時速《じそく》130キロで走《はし》る人面犬《じんめんけん》がいた』

『人面犬《じんめんけん》には、交通事故《こうつうじこ》で死《し》んだ人《ひと》の霊《れい》がとりついている』

『人面犬《じんめんけん》に追《お》いぬかれた車《くるま》は、事故《じこ》を起《お》こす』

『リストラされて自殺《じさつ》した中年男《ちゅうねんおとこ》がとりついた人面犬《じんめんけん》もいる』


「へえ、人面犬《じんめんけん》にもいろいろあるんだねえ……」

いつの間《ま》にか、画面《がめん》に読《よ》み入《い》っていた奈津子《なつこ》は、そんな自分《じぶん》に気《き》づいて、ハッとなった。

(あたしとしたことが……こんなウワサに夢中《むちゅう》になるなんて……)

パソコンをとじようとしたそのとき、ふとアイディアがひらめく。

「へへ、ちょっと増《ふ》やしとこうかな」

奈津子《なつこ》はニヤリと笑《わら》ってキーボードの上《うえ》に両手《りょうて》を置《お》いた。

「どうせなら、新《あたら》しいのを作《つく》って……うーんと、なんかないかなー？　……ちょっとこわくて、身近《みぢか》なやつで、えーと、そう、たとえば……」

ウワサを思《おも》いついた奈津子《なつこ》は、キーボードを打《う》ちはじめた。

「夜中《よなか》に公園《こうえん》でひとりで遊《あそ》んでいる少年《しょうねん》がいて……」

パソコン画面《がめん》には、奈津子《なつこ》の打《う》つ文章《ぶんしょう》が表示《ひょうじ》されていく。

『夜中《よなか》に公園《こうえん》でひとりで遊《あそ》んでいる少年《しょうねん》がいて、「いっしょに遊《あそ》ぼう」と声《こえ》をかけてくる』

『その少年《しょうねん》の名前《なまえ》はマサオ』

「マサオ」と打《う》ってから、奈津子《なつこ》はふと手《て》を止《と》めた。

「マサオじゃ平凡《へいぼん》すぎるかなぁ。うーん、マ、マ、マ…………マキオ！　そう、マキオよね」

奈津子《なつこ》は、「マサオ」を「マキオ」に打《う》ち直《なお》した。

「……その少年《しょうねん》の名前《なまえ》はマキオといって、いっしょに遊《あそ》ぶと帰《かえ》ってこられなくなる。……な、く、な、る、変換《へんかん》っと」

奈津子《なつこ》は、自分《じぶん》が考《かんが》えた新《あたら》しいウワサに「マキオ」と、表題《ひょうだい》をつけた。

【マキオ】
『夜中《よなか》に公園《こうえん》でひとりで遊《あそ》んでいる少年《しょうねん》がいて、「いっしょに遊《あそ》ぼう」と声《こえ》をかけてくる』
『その少年《しょうねん》の名前《なまえ》はマキオといって、いっしょに遊《あそ》ぶと帰《かえ》ってこられなくなる』

書《か》きこまれたウワサを見《み》て、奈津子《なつこ》は満足《まんぞく》そうにほほえんだ。

「うんうん。われながら、なかなかいいデキかも……ふふっ。信之《のぶゆき》のやつ、ビックリするだろうなぁ。知《し》らない間《あいだ》に、こんなウワサが書《か》きこまれてたら……」

奈津子《なつこ》にしてみれば、ほんの出来心《できごころ》だった。

まさか、これが、あの奇妙《きみょう》な世界《せかい》の扉《とびら》をひらいてしまうことになるとは、思《おも》いもしなかったのである。

「奈津子《なつこ》っ、奈津子《なつこ》ーっ！」

翌朝《よくあさ》、登校《とうこう》してきた奈津子《なつこ》の背後《はいご》で、恵美《めぐみ》の興奮《こうふん》した声《こえ》が響《ひび》く。

正門前《せいもんまえ》の階段《かいだん》をいっきにかけのぼってきた恵美《めぐみ》は、奈津子《なつこ》の腕《うで》をつかむと、ゼーゼー言《い》いながら切《き》りだした。

「ねえねえ、知《し》ってる⁉　新《あたら》しいウワサ！」

「なによ、朝《あさ》からイキナリ……」

どうせまた、いつものウワサ話《ばなし》だろうと思《おも》いながらも、いつにも増《ま》してハイテンションな恵美《めぐみ》に、奈津子《なつこ》はとまどいを感《かん》じた。

教室《きょうしつ》の中《なか》。

机《つくえ》をはさんでむきあいながら、奈津子《なつこ》は恵美《めぐみ》から新《あたら》しいウワサのことを聞《き》いた。

「えっ、なに？　もう一度《いちど》、言《い》って！」

「だからね、夜中《よなか》の公園《こうえん》にマキオって男《おとこ》の子《こ》がいるんだって。で、その子《こ》にさそわれて遊《あそ》んじゃうと、いなくなっちゃうんだってよ」

「恵美《めぐみ》、どうして知《し》ってるの？」

「なーんだ、奈津子《なつこ》も知《し》ってたんだ」

「そうじゃなくて……」

奈津子《なつこ》は困惑《こんわく》する。

（……いったいどこでマキオのことを知《し》ったんだろう？）

恵美《めぐみ》にたしかめようと思《おも》ったそのとき、かおるが教室《きょうしつ》にあらわれた。

「かおるー！　ねえねえ、聞《き》いてぇ！」

恵美《めぐみ》はイスから立《た》ちあがり、かおるのほうへとかけよっていく。

「待《ま》って！　ねえ、誰《だれ》に聞《き》いたの、それー!?」

奈津子《なつこ》は大声《おおごえ》で呼《よ》びかけたが、恵美《めぐみ》は新《あたら》しく仕入《しい》れた「マキオ」のウワサをかおるに話《はな》すのに夢中《むちゅう》で気《き》がつかない。

（そんな……あれはあたしの作《つく》り話《ばなし》なのに……）

マキオのことをウワサしあっている恵美《めぐみ》とかおるを、奈津子《なつこ》はただただあっけにとられて見《み》つめるばかりだった。

放課後《ほうかご》になった。

いつもなら恵美《めぐみ》たちといっしょに歩《ある》く帰《かえ》り道《みち》を、奈津子《なつこ》はひとり、もの思《おも》いにふけりながら歩《ある》いていた。

すると、むかいから、黄色《きいろ》い帽子《ぼうし》をかぶり、真新《まあたら》しいランドセルを背負《せお》った小学《しょうがく》一年生《ねんせい》の集団《しゅうだん》が、ドドドドド……と、やってくる。

「ねえねえ、教《おし》えてよぉー」

「マキオって言《い》うんだってさ」

「ブランコに乗《の》ってるんでしょ？」

「塾《じゅく》の帰《かえ》りとかに出《で》るんだよね」

マキオのウワサをしながら、走《はし》り去《さ》っていく一年生《ねんせい》たちを見送《みおく》って、奈津子《なつこ》はぽかんとなった。

「なんで？　なんでこんなに広《ひろ》まってるの？」

まるでキツネにつままれたようで、にわかには信《しん》じられない。

「……そうか。信之《のぶゆき》ね！」

奈津子《なつこ》はつぶやくと、足早《あしばや》に歩《ある》きだした。


奈津子《なつこ》は、公園《こうえん》の前《まえ》へとやってきた。

そこに、きのうと同《おな》じ小学生《しょうがくせい》たちはいたが、信之《のぶゆき》の姿《すがた》はない。

マキオのウワサは、ここでもささやかれていた。

「最初《さいしょ》はね、ジャングルジムの上《うえ》に立《た》ってるんだって」

「へえー」

「で、気《き》がつくと、飛《と》びおりてて、目《め》の前《まえ》に立《た》ってるんだってよ」

「『いっしょに遊《あそ》ぼう』って言《い》うんだよね？」

「でも、遊《あそ》んだら死《し》んじゃうんでしょ？」

「あったりまえじゃん」

「帰《かえ》ってこられなくなるんだって」

小学生《しょうがくせい》たちのウワサ話《ばなし》に聞《き》き耳《みみ》を立《た》てながら、奈津子《なつこ》はがくぜんとなる。

「信之《のぶゆき》のやつ……」

信之《のぶゆき》は、まだ家《いえ》にいるにちがいない。

帰《かえ》ったら、問《と》いつめてやらなきゃ、と、奈津子《なつこ》は思《おも》った。


帰宅《きたく》した奈津子《なつこ》は、階段《かいだん》をあがり、まっすぐ信之《のぶゆき》の部屋《へや》へとむかう。

ドアをあけると、スマホで誰《だれ》かと話《はな》している信之《のぶゆき》の姿《すがた》が目《め》に入《はい》った。

「へえー、すっげぇー！　なになに？　それ本当《ほんとう》!?」

「信之《のぶゆき》！」

奈津子《なつこ》はとがめるように信之《のぶゆき》の名《な》を呼《よ》んで、つかつかと歩《あゆ》みよる。

「あんた、いったいどういうつもり!?」

「え？」

机《つくえ》にむかっていた信之《のぶゆき》は、スマホから耳《みみ》を離《はな》し、ふりむいた。

「あれは、あたしが……その、ちょっとイタズラで書《か》きこんだだけなの。なんで広《ひろ》めちゃったのよ!?」

「なに？　なんの話《はなし》？」

信之《のぶゆき》は、キョトンとなった。

「とぼけないで！　マキオよ、マキオ！　ウワサ広《ひろ》めたの、あんたでしょ!?」

「なんだ、お姉《ねえ》ちゃんも知《し》ってんの？」

「えっ？」

今度《こんど》は、奈津子《なつこ》がおどろく番《ばん》だった。

「今《いま》、塾《じゅく》の友《とも》だちから、その話《はなし》、聞《き》いてたとこなんだ」

スマホをさしながら、信之《のぶゆき》は答《こた》える。

「あんた、ほんとに知《し》らないの？」

「知《し》らないよ。だから、今《いま》、聞《き》いてんじゃん」

「あ、……そうなんだ」

奈津子《なつこ》は、歯切《はぎ》れの悪《わる》い口調《くちょう》になった。

「ごめん、ちょっとジャマが入《はい》っちゃった。……でさぁ」

信之《のぶゆき》は奈津子《なつこ》から顔《かお》をそむけ、電話《でんわ》の相手《あいて》と、ウワサ話《ばなし》のつづきをはじめる。

「…………」

奈津子《なつこ》は、ぼうぜんとなったまま、その場《ば》に立《た》ちつくした。

そのとき、下《した》の階《かい》から、お母《かあ》さんの声《こえ》が聞《き》こえてきた。

「ノブくーん！　塾行《じゅくい》く時間《じかん》じゃないのー!?」

「あっ、いけねえ！」

信之《のぶゆき》はすっとんきょうな声《こえ》をあげると、電話《でんわ》のむこうの友人《ゆうじん》に言《い》った。

「ごめん。じゃあ、塾《じゅく》でつづき教《おし》えてよ。じゃあね」

電話《でんわ》を切《き》り、机《つくえ》のわきに置《お》かれたカバンを手《て》に取《と》る信之《のぶゆき》。

ピンバッジがたくさんついているそのカバンは、信之《のぶゆき》が塾《じゅく》へ行《い》くとき、いつも持《も》ち歩《ある》いているものだった。

「やばい、遅刻遅刻《ちこくちこく》！」

「待《ま》って！　ねえ、ノブ、ノブってば！」

奈津子《なつこ》は呼《よ》びとめようとしたが、信之《のぶゆき》はふりきって部屋《へや》をとびだしていく。

「……ほんとに知《し》らないの？」

残《のこ》された奈津子《なつこ》は、ひとりごとをつぶやいた。

いや、そんなはずはない、と、思《おも》い直《なお》す奈津子《なつこ》。

保存《ほぞん》されただけのデータが、ひとりでにウワサとなって広《ひろ》まるはずはなく、そこには、ウワサを広《ひろ》めた犯人《はんにん》がいるはずだった。

そして、考《かんが》えられるのは、信之《のぶゆき》しかいない。

（でも、あいつ、ほんとに知《し》らないみたいだったしなぁ……）

奈津子《なつこ》は、なにがなにやら、わからなくなった。

そのとき、下《した》の階《かい》から、またしても、お母《かあ》さんの声《こえ》が聞《き》こえてくる。

「なっちゃーん！　買《か》い物《もの》、お願《ねが》ーい！」

（お母《かあ》さんってば、今《いま》、それどころじゃないのに……）

奈津子《なつこ》が返事《へんじ》をしないでいると、お母《かあ》さんは「なっちゃーん！　なっちゃーん！」と、何度《なんど》も呼《よ》びかけてきた。

「はーい！」

奈津子《なつこ》は、イラだった声《こえ》で答《こた》える。

（ま、考《かんが》えてもしかたない……か）

どうせ、ただの作《つく》り話《ばなし》なのだ。

ウワサが広《ひろ》がったところで、どうということはない、と、奈津子《なつこ》は自分《じぶん》に言《い》い聞《き》かせ、部屋《へや》をあとにした。


商店街《しょうてんがい》で買《か》い物《もの》をすませた奈津子《なつこ》は、本屋《ほんや》の店先《みせさき》で、気晴《きば》らしに立《た》ち読《よ》みをはじめた。

奈津子《なつこ》が読《よ》んでいたのは、ホラーマンガの雑誌《ざっし》。

テレビの恐怖番組《きょうふばんぐみ》の原作《げんさく》にもなっているものだ。

しかし、マキオのことが気《き》になって、マンガの内容《ないよう》は、ほとんど頭《あたま》に入《はい》ってこなかった。

「ねえ、載《の》ってる？」

「載《の》ってないよ、まだ」

そのとき、となりから、小学生《しょうがくせい》たちの、ささやきあう声《こえ》が聞《き》こえてきた。

信之《のぶゆき》より少《すこ》し年上《としうえ》の、五、六年生《ねんせい》だろうか？

手《て》にした雑誌《ざっし》のページには、見《み》ひらきで大《おお》きく、人面犬《じんめんけん》のイラストが描《えが》かれている。

しかし、小学生《しょうがくせい》たちの目《め》あては、人面犬《じんめんけん》ではないようだ。

「目《め》が赤《あか》く光《ひか》るんだってさ、マキオって」

(マキオ⁉)

奈津子《なつこ》は思《おも》わずドキッとなって、小学生《しょうがくせい》たちのほうをふりむいた。

「いっしょにブランコに乗《の》ると、やばいんだろ？」

「ジャングルジムは平気《へいき》なの？」

小学生《しょうがくせい》たちは、夢中《むちゅう》でマキオのウワサをしあっている。

そこへ、さらに数人《すうにん》の小学生《しょうがくせい》たちがかけつけてきた。

「ニュース！　ニュース！」

「二組《くみ》のネッチンが、キリン公園《こうえん》でマキオと遊《あそ》んだって！」

(えぇっ⁉)

奈津子《なつこ》は、手《て》にした雑誌《ざっし》を取《と》り落《お》としそうになった。

「うぇー、ほんとかよ？」

「でも、ネッチン、生《い》きてんじゃん」

「あいつ、ブランコに乗《の》れないから、助《たす》かったんだって」

「ラッキーなやつ」

「おい、ネッチンとこ行《い》ってみようぜ！」

小学生《しょうがくせい》たちはそう言《い》うと、読《よ》んでいた雑誌《ざっし》をたなにもどして、バタバタとかけだしていった。

（キリン公園《こうえん》って言《い》ったら、いつも学校帰《がっこうがえ》りに通《とお》るあの公園《こうえん》だよね？）

奈津子《なつこ》は、不安《ふあん》を感《かん》じはじめた。

（まさか……でも、小学生《しょうがくせい》が言《い》ってることだし、きっと、ただの作《つく》り話《ばなし》に決《き》まってる）

そう思《おも》いながらも、不安《ふあん》はどんどん大《おお》きくなっていった。

買《か》い物袋《ものぶくろ》をさげた奈津子《なつこ》は、商店街《しょうてんがい》を思《おも》いつめた顔《かお》で歩《ある》く。

「奥《おく》さん、知《し》ってる？　公園《こうえん》にいる男《おとこ》の子《こ》の話《はなし》」

奈津子《なつこ》はギクリとなって、足《あし》をとめた。

見《み》ると、八百屋《やおや》の店内《てんない》で店主《てんしゅ》のおじさんが、客《きゃく》の主婦《しゅふ》を相手《あいて》にウワサ話《ばなし》をしている。

「えーと、ほら、マキオとかいう……」

「あー、なんかウチの子《こ》が、言《い》ってた、言《い》ってた」

「なんでもね、となり町《まち》の研々塾《けんけんじゅく》の子《こ》がふたり、本当《ほんとう》にいなくなっちゃったんだってよぉ！」

「!?」

奈津子《なつこ》の顔《かお》から、血《ち》の気《け》が引《ひ》いた。

八百屋《やおや》の店先《みせさき》、奈津子《なつこ》はがくぜんとなって立《た》ちつくす。

「あらやだ、ぶっそうねー」

「でさぁ、研々塾《けんけんじゅく》、当分《とうぶん》、夜《よる》の補習《ほしゅう》は中止《ちゅうし》にしたらしいってよ。奥《おく》さんとこの子《こ》どもも、気《き》をつけないと」

「やだもう、ウチのは大丈夫《だいじょうぶ》よー」

笑《わら》いあう店主《てんしゅ》と客《きゃく》をこわばった顔《かお》で見《み》つめながら、奈津子《なつこ》は心《こころ》の中《なか》でつぶやく。

（そんなはずは……だって、あれは、あたしの作《つく》り話《ばなし》で……マキオなんて、ほんとにいるはずないのに……）


「あれ？　奈津子《なつこ》じゃん」

「なにやってんの？　こんなところでー」

そのとき、通《とお》りかかった恵美《めぐみ》とかおるが、うしろ姿《すがた》の奈津子《なつこ》に気《き》づき、声《こえ》をかけてきた。

奈津子《なつこ》はショックで青《あお》ざめた顔《かお》をしながら、ふらふらとふたりに近《ちか》づいていく。

「ねえ、恵美《めぐみ》、かおる……どうして？　どうして、こんなことになっちゃったの？」

「え？」

「な、なに？　どうしちゃったの、奈津子《なつこ》？」

「マキオよ、マキオ！　あれ、全部《ぜんぶ》ウソなのよ。あたしが勝手《かって》に作《つく》ったの！」

「なに言《い》ってんのよ。そんなことあるわけないじゃん」

いきなり突拍子《とつぴようし》もないことを言《い》いだした奈津子《なつこ》に、恵美《めぐみ》もかおるもおどろいたようすをみせた。

「ちがうんだって！　あたしが作《つく》ったの、マキオの話《はなし》！」

「まーたまた、奈津子《なつこ》ったらー」

「そんなこと言《い》ったって、誰《だれ》も信《しん》じるわけないでしょ？　なにバカなこと言《い》ってんのよ、ねえ？」

奈津子《なつこ》の話《はなし》を冗談《じょうだん》と思《おも》ったのか、かおると恵美《めぐみ》はただ笑《わら》って聞《き》き流《なが》すだけだった。

「マキオなんて、この世《よ》に存在《そんざい》しないの。……そうよ。マキオなんて、もともといなかったのよ」

奈津子《なつこ》は、ひとりごとのように、つぶやいた。

『塾帰《じゅくがえ》りの小学生《しょうがくせい》、行方不明《ゆくえふめい》――奇妙《きみょう》なウワサと関連《かんれん》か？』

夜《よる》。居間《いま》のテーブルに夕刊《ゆうかん》を広《ひろ》げた奈津子《なつこ》は、そこに掲載《けいさい》された記事《きじ》を見《み》て、ふたたびショックを受《う》けた。

八百屋《やおや》のおじさんがウワサで言《い》っていたことは、本当《ほんとう》だったのだ。

（そんな……関連《かんれん》なんてあるわけないじゃん。だって、マキオは、あたしが……）

そう思《おも》ってはみたものの、心《こころ》にわきあがる不安《ふあん》を、奈津子《なつこ》は打《う》ち消《け》すことができなかった。

そこへ、心配《しんぱい》そうな顔《かお》をしたお母《かあ》さんがやってくる。

「なっちゃん、信之《のぶゆき》は？」

「まだよ。だって塾《じゅく》でしょ？」

「もう帰《かえ》ってもいい時間《じかん》なんだけど……」

見《み》あげると、時計《とけい》の針《はり》は、八時《じ》四十五分《ふん》をさしていた。

いつもなら、信之《のぶゆき》は帰宅《きたく》しているはずの時間《じかん》である。

「電話《でんわ》してみようかしら？」

お母《かあ》さんはそう言《い》って、その場《ば》を離《はな》れていく。

奈津子《なつこ》はいてもたってもいられなくなり、居間《いま》をとびだしていった。

二階《かい》へかけあがると、奈津子《なつこ》は信之《のぶゆき》の部屋《へや》へ入《はい》っていく。

「なんで、こんなことになっちゃうの？」

パソコンの前《まえ》で、奈津子《なつこ》はひとりごとをつぶやくと、USB《ユーエスビー》メモリのデータを呼《よ》びだした。

【マキオ】
『夜中《よなか》に公園《こうえん》でひとりで遊《あそ》んでいる少年《しょうねん》がいて、「いっしょに遊《あそ》ぼう」と声《こえ》をかけてくる』
『その少年《しょうねん》の名前《なまえ》はマキオといって、いっしょに遊《あそ》ぶと帰《かえ》ってこられなくなる』

画面上《がめんじょう》には、奈津子《なつこ》がきのう書《か》きこんだマキオのウワサがあらわれた。

しかし、その先《さき》に書《か》かれた内容《ないよう》を見《み》て、奈津子《なつこ》はこおりつく。

『マキオとブランコに乗《の》ってはいけない』
『マキオの正体《しょうたい》は、ムリヤリ塾《じゅく》に通《かよ》わされて自殺《じさつ》した小学生《しょうがくせい》らしい』
『研々塾《けんけんじゅく》の子《こ》がふたり、マキオの犠牲《ぎせい》になった』
『マキオは普通《ふつう》のかっこうをしているけど、ときどき目《め》が赤《あか》く光《ひか》る』

『マキオは友《とも》だちをほしがっている』

『マキオがいることは、ブランコがゆれていることでわかる』

『マキオと遊《あそ》んだ五年生《ねんせい》は、ブランコに乗《の》れなくて助《たす》かった』

『マキオのことは、もうみんな知《し》っている』

『マキオのウワサは、全国《ぜんこく》に広《ひろ》まっている』

『マキオは、夜《よる》のキリン公園《こうえん》に行《い》くとあらわれる』


そこには、奈津子《なつこ》が書《か》きこんだ覚《おぼ》えのない、マキオに関《かん》する新《あたら》しいウワサが、何行《なんぎょう》も、何行《なんぎょう》も、無数《むすう》に書《か》きこまれていたのだった。

「なによ、これ!?　あたし知《し》らないわよ!」

思《おも》わず、キーボードから手《て》を離《はな》し、立《た》ちあがる奈津子《なつこ》。

得体《えたい》の知《し》れない恐怖《きょうふ》が、足《あし》もとから、はいあがってきた。


そのときとつぜん、ドアがひらく。

ビクリとなった奈津子《なつこ》の目《め》にとびこんできたのは、青《あお》ざめたお母《かあ》さんの顔《かお》だった。

「なっちゃん、今《いま》、塾《じゅく》に電話《でんわ》したら、ノブくん、もう三十分《さんじゅっぷん》も前《まえ》に帰《かえ》ったって」

「えっ!?」

「まさか、マキオにつかまってるわけじゃないわよね」

「そんな……」

奈津子《なつこ》はワナワナとふるえ、泣《な》きそうな顔《かお》でさけんだ。

「なんでお母《かあ》さんまで、そんなこと言《い》うのよ！」

そんな奈津子《なつこ》のようすを見《み》て、お母《かあ》さんはおろおろしながらつぶやく。

「ノブくん、なにしてんだろう？　ねえ、奈津子《なつこ》、どうしよう？」

「……あたし、ちょっと、さがしにいってくる」

「えっ？」

言《い》うなり、部屋《へや》をとびだしていく奈津子《なつこ》。

「なっちゃん！」

その背中《せなか》にむかって、お母《かあ》さんはさけんだ。

夜《よる》の住宅街《じゅうたくがい》。空《そら》には、妙《みょう》に大《おお》きく、赤《あか》い月《つき》が出《で》ている。

その月明《つきあ》かりの下《した》を、奈津子《なつこ》は張《は》りつめた表情《ひょうじょう》で、足早《あしばや》に歩《ある》いていた。

「信之《のぶゆき》のバカ！　なんでこんなときにいなくなったりするのよ！」

いくら打《う》ち消《け》そうとしても、不安《ふあん》があとからあとからわいてきて、奈津子《なつこ》の胸《むね》は、押《お》しつぶされそうになっていた。


やってきたのは、夜《よる》のキリン公園《こうえん》。

赤《あか》い月《つき》にむかって首《くび》をのばすように、キリンの像《ぞう》が立《た》っている。

奈津子《なつこ》はあたりを見《み》まわしたが、誰《だれ》の姿《すがた》もなかった。

（……よかった。信之《のぶゆき》がマキオにつかまってるなんて、そんなこと、あるわけないのよね）

信之《のぶゆき》がそこにいないことを確認《かくにん》した奈津子《なつこ》は、ホッと胸《むね》をなでおろし、公園《こうえん》を離《はな》れていこうとした。

キーコ、キーコ、キーコ……。

しずまりかえった公園《こうえん》の中《なか》に、ブランコの音《おと》が響《ひび》いたのは、そのときだった。

「………！」

奈津子《なつこ》は、心臓《しんぞう》をわしづかみにされるような恐怖《きょうふ》を感《かん》じる。

それでも、たしかめずにはいられず、おそるおそる足《あし》をふみだし、ブランコのほうへと歩《ある》いていった。

キーコ、キーコ、キーコ……。

ゆれているのは、誰《だれ》も乗《の》っていない、無人《むじん》のブランコだった。

心臓《しんぞう》の鼓動《こどう》が、さらに激《はげ》しくなる。

「!?」

ブランコの下《した》に目《め》をやった瞬間《しゅんかん》、奈津子《なつこ》は、思《おも》わずさけびだしそうになった。

そこには、カバンが落《お》ちていた。

ピンバッジがたくさんついた――それは、信之《のぶゆき》のカバンだった。

「信之《のぶゆき》……」

カバンを拾《ひろ》いあげ、奈津子《なつこ》はつぶやく。

「信之《のぶゆき》！」

あたりを見《み》まわし、信之《のぶゆき》の姿《すがた》をさがした。

「どこ!?　ねえ、どこにいるの!?　お願《ねが》い、返事《へんじ》をして！」

必死《ひっし》に呼《よ》びかけたが、信之《のぶゆき》からの返事《へんじ》はない。

キーコ、キーコ、キーコ、キーコ……。

ただ、無人《むじん》のブランコだけが、一定《いってい》のリズムをきざみながら、ゆれている。

「………」

奈津子《なつこ》はこわばった顔《かお》で、ゆれているブランコを見《み》つめていた。

そのとき、ブランコの動《うご》きがピタリと止《と》まる。

「な、なに!?」

見《み》えないなにかが、ブランコをおりたのだ。

奈津子《なつこ》はその場《ば》から逃《に》げだしたかったが、足《あし》がすくんで、一歩《いっぽ》も動《うご》けない。

そのとき、前方《ぜんぽう》のジャングルジムの上《うえ》に、ボーッと、少年《しょうねん》のような人影《ひとかげ》がうかびあがった。

（まさか……）

次《つぎ》の瞬間《しゅんかん》、少年《しょうねん》の姿《すがた》はジャングルジムの上《うえ》から消《き》える。

同時《どうじ》に奈津子《なつこ》は、背後《はいご》に何者《なにもの》かの気配《けはい》を感《かん》じた。

奈津子《なつこ》はこわごわと、うしろをふりかえった。

「………！」

そこに立《た》っていたのは、ついさっき、ジャングルジムの上《うえ》にいた少年《しょうねん》だった。

その少年《しょうねん》には黒目《くろめ》がなく、白《しろ》っぽい魚《さかな》のような目《め》をしている。

その姿《すがた》はまるで、ウワサに書《か》きこまれた「マキオ」そのものだった。

マキオは、この世《よ》の者《もの》とは思《おも》えない、ぎこちなく、不自然《ふしぜん》なしぐさで右手《みぎて》をあげると、
こおりついたままの奈津子《なつこ》に言《い》う。

「おねえちゃんもいっしょに遊《あそ》ぼう？」

「!!」

その瞬間《しゅんかん》、マキオの目《め》が赤《あか》く光《ひか》った。

誰《だれ》もいなくなった公園《こうえん》。

信之《のぶゆき》のカバンだけが、ぽつんと残《のこ》されている。

キーコ、キーコ、キーコ……。

キーコ、キーコ、キーコ、キーコ……。

しずまりかえった公園《こうえん》の中《なか》、無人《むじん》のブランコがふたつ、ゆれていた。


数日後《すうじつご》。昼間《ひるま》の公園《こうえん》。

そこは、にぎやかな子《こ》どもたちの声《こえ》であふれかえっていた。

公園《こうえん》の一角《いっかく》から、ウワサ話《ばなし》をする小学生《しょうがくせい》たちの声《こえ》が聞《き》こえてくる。

「女《おんな》の子《こ》と弟《おとうと》がいっしょに消《き》えたんだってさ」

「マキオが連《つ》れてったんだぜ」

「夜中《よなか》に公園《こうえん》に行《い》くと、その女《おんな》の子《こ》が今《いま》でも立《た》ってるって話《はなし》だよ」

「その子《こ》の名前《なまえ》、知《し》ってる？　ナツコって言《い》うんだって」
小学生《しょうがくせい》たちはブランコをこぎながら、そんなウワサをささやきあっていた。

おわり

この本は、下記のテレビドラマ作品をもとに
小説化されました。

**世にも奇妙な物語 '12 春の特別編**
**「７歳になったら」**
（2012年4月21日放送）
脚本：ふじきみつ彦

**世にも奇妙な物語 '11 秋の特別編**
**「JANKEN」**
（2011年11月26日放送）
脚本：ふじきみつ彦

**世にも奇妙な物語**
**「家族の肖像」**
（1991年2月28日放送）
脚本：林誠人

**世にも奇妙な物語**
**「噂のマキオ」**
（1990年4月19日放送）
脚本：戸田山雅司

制作　フジテレビ
制作著作　共同テレビ

集英社みらい文庫

# 世《よ》にも奇妙《きみょう》な物語《ものがたり》

## ドラマノベライズ 恐怖《きょうふ》のはじまり編《へん》


木滝《きたき》りま 著

上地優歩《うえじゆうほ》 絵

ふじきみつ彦《ひこ》・林誠人《はやしまこと》・戸田山雅司《とだやままさし》 脚本



ファンレターのあて先

〒101-8050 東京都千代田区一ツ橋2-5-10 集英社みらい文庫編集部

いただいたお便りは編集部から先生におわたしいたします。



2017年 3月29日 第1刷発行

2020年10月12日 第3刷発行

発行者　北畠輝幸

発行所　株式会社 集英社

〒101-8050 東京都千代田区一ツ橋2-5-10

電話　編集部 03-3230-6246

読者係 03-3230-6080

販売部 03-3230-6393（書店専用）

http://miraibunko.jp

装　丁　諸橋藍（釣巻デザイン室）中島由佳理

協　力　株式会社フジテレビジョン／株式会社共同テレビジョン

印　刷　大日本印刷株式会社　凸版印刷株式会社

製　本　大日本印刷株式会社


★この作品はフィクションです。実在の人物・団体・事件などにはいっさい関係ありません。


ISBN978-4-08-321366-3　C8293　N.D.C.913　184P　18cm

第《だい》13弾《だん》 不幸《こう》を呼《よ》ぶ親友《しんゆう》編《へん》

第《だい》14弾《だん》 死《し》を招《まね》く都市伝説《としでんせつ》編《へん》

第《だい》15弾《だん》 呪《のろ》われた初恋《はつこい》編《へん》

第《だい》16弾《だん》 満《み》たされないココロ編《へん》

第《だい》17弾《だん》 笑顔《えがお》の裏《うら》の本音《ほんね》編《へん》

第《だい》18弾《だん》 ナイモノねだりの報《むく》い編《へん》

第《だい》19弾《だん》 人気者《にんきもの》の正体《しょうたい》編《へん》

第《だい》20弾《だん》 いびつな恋愛《れんあい》編《へん》

第《だい》21弾《だん》 つきまとう黒《くろ》い影《かげ》編《へん》

第《だい》22弾《だん》 悪意《あくい》にまみれた友《とも》だち編《へん》

第《だい》23弾《だん》 災《わざわ》いを生《う》むウワサ編《へん》

第《だい》24弾《だん》 悪魔《あくま》のいる教室《きょうしつ》編《へん》

第《だい》25弾《だん》 むきだしの願望《がんぼう》編《へん》

第《だい》26弾《だん》 還《かえ》り道《みち》のない旅《たび》編《へん》

第《だい》27弾《だん》 黄泉《よみ》の誕生《たんじょう》編《へん》

第《だい》28弾《だん》 むしばまれた家《いえ》編《へん》

第《だい》29弾《だん》

最新刊《さいしんかん》

繰《く》りかえすコドモタチ編《へん》

絶対《ぜったい》に見《み》ぬけない!!
"本当《ほんとう》はこわい"
1分間《ぷんかん》ストーリー
緑川聖司《みどりかわせいじ》・作
モゲラッタ・絵
絶賛発売中《ぜっさんはつばいちゅう》!

「やっぱり海《うみ》はいいなぁ」。

おれは友達《ともだち》３人《にん》と船《ふね》にいた。気持《きも》ちがいいので

３メートルほど下《した》にある海《うみ》に、思《おも》わず飛《と》びこむ。

すると、あとからヒカルも飛《と》びこんできた。

「おい、だれがハシゴをおろすんだよ」

「だれかにたのむよ」。彼《かれ》がそう言《い》ったとき、

船《ふね》の反対側《はんたいがわ》で、水音《みずおと》が２つ、立《た》てつづけに聞こえた。

**このお話《はなし》の本当《ほんとう》のこわさ、**
**あなたは見《み》ぬけるかな⁉**

『海《うみ》』ほか、40編《へん》を収録《しゅうろく》!!

（こたえは本文《ほんぶん》でたしかめてね）

**１巻《かん》は人気《にんき》すぎて発売即重版《はつばいそくじゅうはん》！**

35編《へん》の“こわい”がかくれた
物語《ものがたり》を収録《しゅうろく》。

**このおもしろさ、**
**クセになる!!**

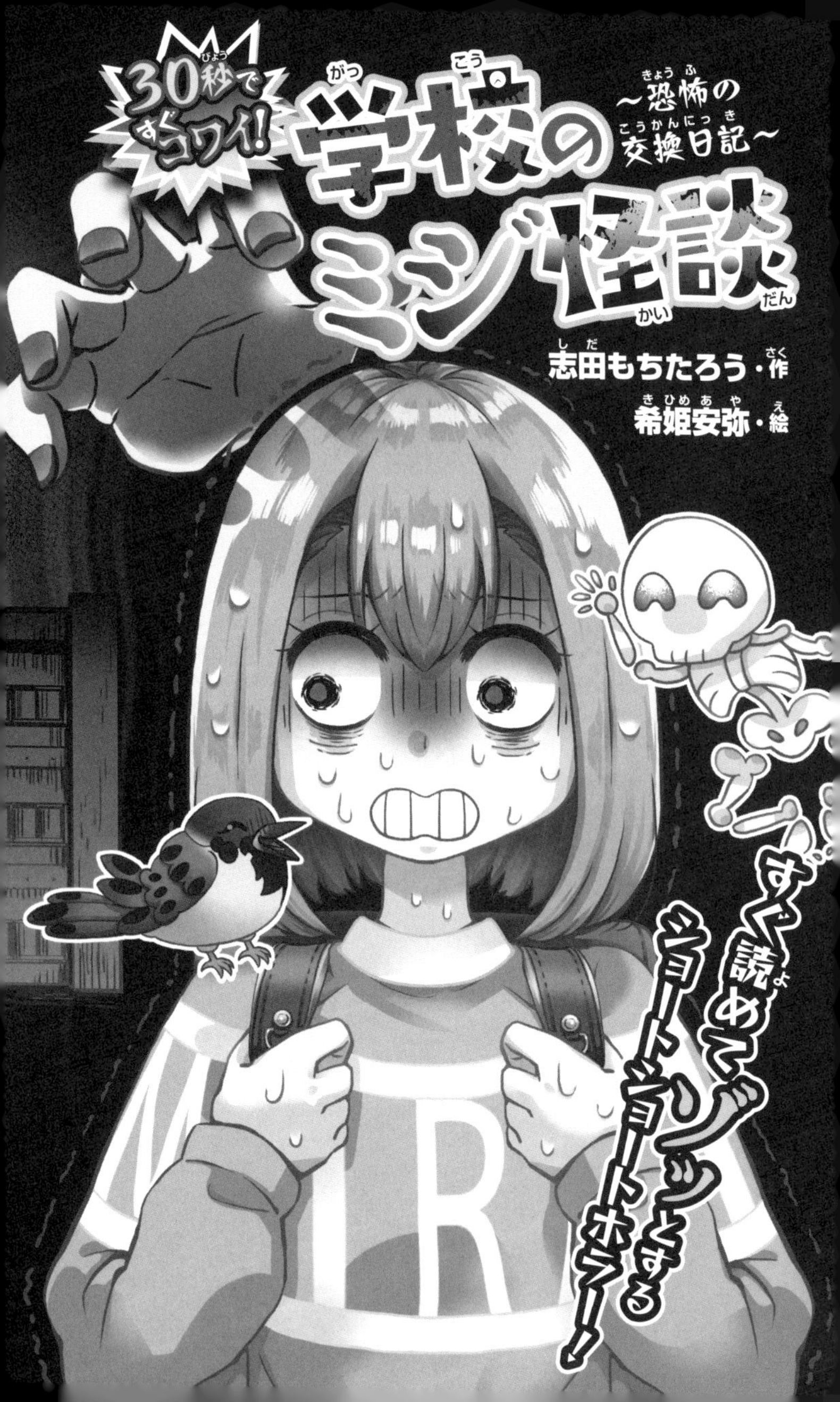
30秒《びょう》ですぐコワイ!
学《がっ》校《こう》のミジ怪《かい》談《だん》
~恐《きょう》怖《ふ》の交《こう》換《かん》日《にっ》記《き》~
志田《しだ》もちたろう・作《さく》
希姫安弥《きひめあや》・絵《え》
すぐ読《よ》めてゾッとするショートショートホラー!

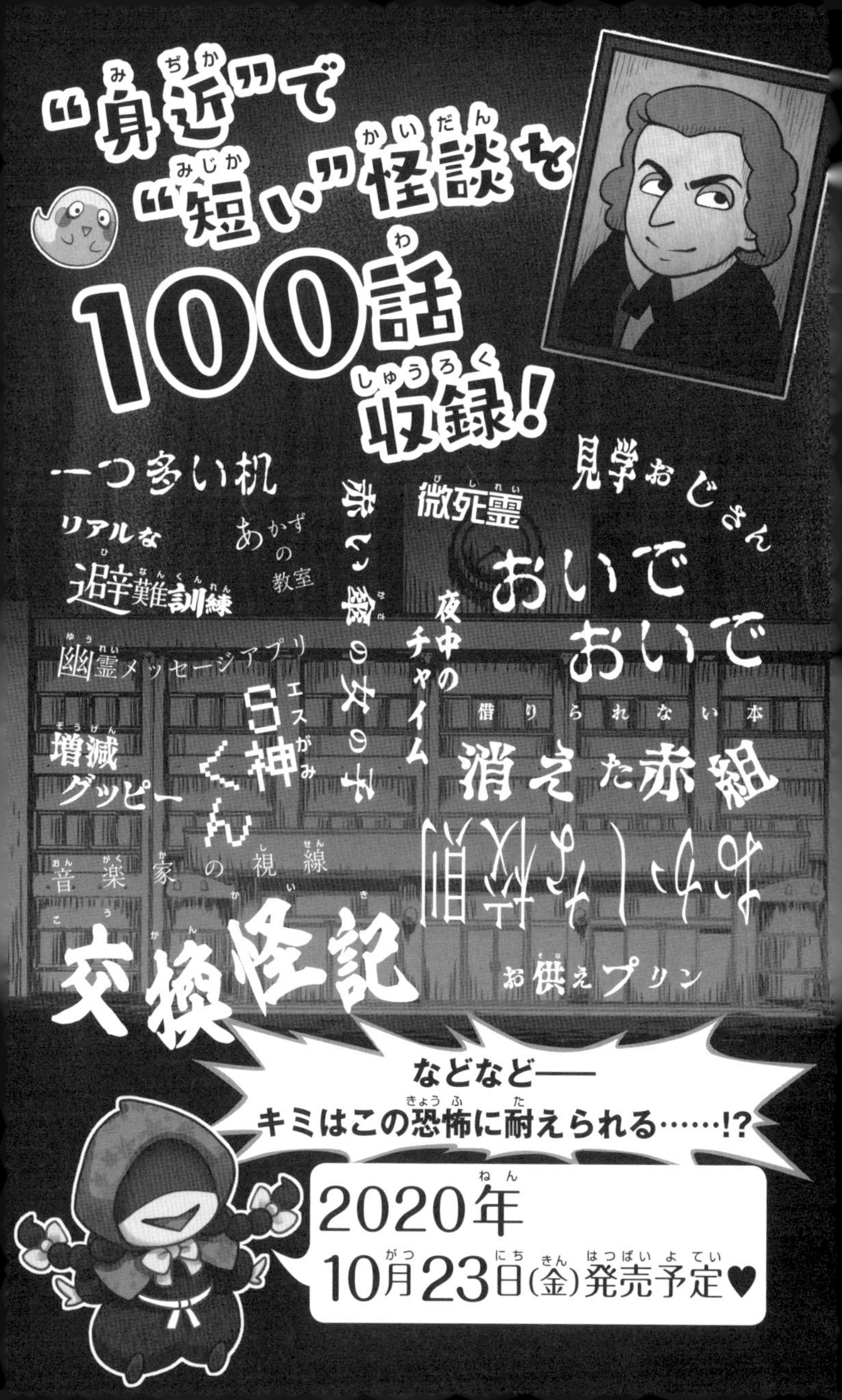
"身近《みぢか》"で
"短い《みじか》"怪談《かいだん》を
100話《わ》
収録《しゅうろく》！
一つ多い机
赤い傘《かさ》の女の子
微死霊《びしれい》
見学おじさん
リアルな避難訓練《ひなんくんれん》
あかずの教室
おいで おいで
夜中のチャイム
幽霊《ゆうれい》メッセージアプリ
S《エス》神《がみ》くん
増減《ぞうげん》グッピー
借りられない本
消えた赤組
おかしな校則
音楽家《おんがくか》の視線《しせん》
交換怪記《こうかんかいき》
お供《そな》えプリン
などなど──
キミはこの恐怖《きょうふ》に耐《た》えられる……!?
2020年《ねん》
10月《がつ》23日《にち》(金《きん》)発売予定《はつばいよてい》♥

# 「みらい文庫《ぶんこ》」読者《どくしゃ》のみなさんへ

言葉《ことば》を学《まな》ぶ、感性《かんせい》を磨《みが》く、創造力《そうぞうりょく》を育《はぐく》む……、読書《どくしょ》は「人間力《にんげんりょく》」を高《たか》めるために欠《か》かせません。たった一枚《いちまい》のページをめくる向《む》こう側《がわ》に、未知《みち》の世界《せかい》、ドキドキのみらいが無限《むげん》に広《ひろ》がっている。これこそが「本《ほん》」だけが持《も》っているパワーです。

学校《がっこう》の朝《あさ》の読書《どくしょ》に、休《やす》み時間《じかん》に、放課後《ほうかご》に……。いつでも、どこでも、すぐに続《つづ》きを読《よ》みたくなるような、魅力《みりょく》に溢《あふ》れる本《ほん》をたくさん揃《そろ》えていきたい。読書《どくしょ》がくれる、心《こころ》がきらきらしたり胸《むね》がきゅんとする瞬間《しゅんかん》を体験《たいけん》してほしい、楽《たの》しんでほしい。みらいの日本《にほん》、そして世界《せかい》を担《にな》うみなさんが、やがて大人《おとな》になった時《とき》、「読書《どくしょ》の魅力《みりょく》を初《はじ》めて知《し》った本《ほん》」「自分《じぶん》のおこづかいで初《はじ》めて買《か》った一冊《いっさつ》」と思《おも》い出《だ》してくれるような作品《さくひん》を一所懸命《いっしょけんめい》、大切《たいせつ》に創《つく》っていきたい。

そんないっぱいの想《おも》いを込《こ》めながら、作家《さっか》の先生方《せんせいがた》と一緒《いっしょ》に、私《わたし》たちは素敵《すてき》な本作《ほんづく》りを続《つづ》けていきます。「みらい文庫《ぶんこ》」は、無限《むげん》の宇宙《うちゅう》に浮《う》かぶ星《ほし》のように、夢《ゆめ》をたたえ輝《かがや》きながら、次々《つぎつぎ》と新《あたら》しく生《う》まれ続《つづ》けます。

本《ほん》を持《も》つ、その手《て》の中《なか》に、ドキドキするみらい――。

本《ほん》の宇宙《うちゅう》から、自分《じぶん》だけの健《すこ》やかな空想力《くうそうりょく》を育《そだ》て、〝みらいの星《ほし》〟をたくさん見《み》つけてください。

そして、大切《たいせつ》なこと、大切《たいせつ》な人《ひと》をきちんと守《まも》る、強《つよ》くて、やさしい大人《おとな》になってくれることを心《こころ》から願《ねが》っています。

２０１１年《ねん》　春《はる》

**集英社《しゅうえいしゃ》みらい文庫《ぶんこ》編集部《へんしゅうぶ》**